지금,

꿈과 성공을
만나는 시간

지금,

꿈과 성공을
만나는 시간

이지해 지음

꿈을 응원받고 싶은 너에게 주는 메시지

이담 Books

차례

제1장
평범했던 가정주부,

꿈을 만나다

지금 필요한 건 실행이다

"지나가 버린 10분은 다시는 돌아오지 않는다. 당신의
삶을 10분 단위로 쪼개고 의미 없는 일에 희생시키는
일이 최대한 없도록 하라."

– 잉바르 캄프라드

얼마 전 우연히 TV 채널을 변경하다가 EBS 채널에서 2006년
개봉한 가브리엘 무치노 감독의 〈행복을 찾아서(The Pursuit of
Happiness)〉 영화를 보게 되었다. 이 영화는 월스트리트의 전설이
라고 불리는 크리스 가드너의 감동적인 인생을 그린 영화였다.

모두가 경제난으로 시달리던 1981년 미국 샌프란시스코, 세일
즈맨 크리스 가드너는 골밀도를 측정하던 의료기기 사업에 모든
돈을 투자했으나 하루에 기기 한 대도 팔기 어려웠다. 그의 아들
크리스토퍼는 차이나타운의 어설픈 유치원에서 온종일 엄마를
기다리는 신세에, 크리스는 세금을 못 내서 자동차까지 압류당하
며 앞으로 더 절망적인 현실을 마주하게 된다. 이런 상황에 지친
아내마저 두 사람을 떠난다. 결국, 살던 집에서 나와 모텔에서도
쫓겨나는 두 사람은 이제 지갑에 남은 전 재산이라곤 21달러 33
센트이다.

주식 중개인이 되면 성공할 수 있다는 사실을 알게 된 크리스
는 희망을 안고 주식 중개인 인턴에 지원한다. 무보수의 인턴 과

정은 60 대 1이라는 엄청난 경쟁을 이겨내야 하는 사실을 깨닫게 된다. 아들과 함께 지하철역과 노숙자 시설을 전전해야 하는 극한의 어려움 속에서도 희망의 불꽃이 꺼지지 않도록, 행복해지기 위한 도전을 포기하지 않고 결국 성공한 남자의 이야기이다. '아메리칸 드림'을 꿈꾸는 밑바닥에서 억만장자로 성공한 실화를 바탕으로 한 영화이다.

나는 주인공 크리스가 겪은 절박함을 조금이나마 이해할 수 있었다. 20살 무렵 우리 집이 사업을 하다가 망해서 빚쟁이들이 집으로 들이닥쳤을 때, 어렸을 적 사진 한 장도 가져 나오지 못했고, 그날 아침에 입었던 옷이 내 방에서 가지고 나온 마지막 옷이 될 줄은 꿈에도 몰랐다. 그렇게 시련은 갑자기 닥쳐올 수 있다는 것을 알게 되었다. 폐소공포증이 있던 내가 고시원에서 지내면서, 하루빨리 그곳을 벗어나려고 새벽부터 밤늦게까지 일했던 기억이 영화를 보는 내내 떠올랐고, 고시원의 문이 너무 허술해서 혹시나 하는 마음에 고시원 문을 등지고 앉아서 자던 생각도 떠올랐다.

'내가 저 영화 속 주인공이라면 과연 나는 시련을 잘 이겨낼 수 있을까?'라는 생각을 하면서 영화를 보았다. 절망과 어둠 속에서 살아가면서 두려움에 떨었던 예전 내 모습이 기억나 영화를 보는 내내 눈물이 흘러내렸다.

주인공에게는 남들에게 없던 무언가가 있었다. 나와 마찬가지로, 힘든 시련을 잘 견디고 이겨낼 수 있었던 그 무언가를 그의 삶에서 찾을 수 있었다. 바로 '꿈'이었다. 아들과 행복하게 살기 위한 꿈. 주식 중개인이 되어야 한다는 꿈. 행복을 찾기 위해서 고군분투한 그의 인생이 영화로 만들어져 지금도 많은 사람에게 귀감이 되고 있다.

집이 망하기 전, 사실 우리 가족은 그럭저럭 살았다. 안정적이고 평범한 삶을 살기 위해 공부하고 일하며 꿈이 없이 사는 대로 살았었다. 하지만 돈 한 푼 없는 빈털터리가 되고 나서 우리 형제들은 그날부터 모두 꿈이 생겼었다고 말한다.

나를 포함한 우리 형제들은 빚쟁이들이 우리 집으로 들이닥친 그날, 엄청난 정신적 충격을 받았었다고들 한다. 사업하다가 망해 절망적인 삶을 느껴본 우리 형제들은 아이러니하게도 현재 모두 사업을 하고 있다. 가끔 누군가가 묻곤 한다. 어떻게 형제들이 전부 사업을 할 수 있는지. 나는 그날 시련이 우리 형제들의 생각을 모두 바꾸었다고 생각한다. 우리 형제들은 평범하고 안정적으로 사는 인생 대신 자신을 되돌아보고 좋아하고 잘하는 일을 생각하면서 꿈이 생겼었다고 말한다. 시련을 통해 우리 형제들은 목표를 세우고 배우고 행동하며 반복하면서 지금도 그 꿈을 이루기 위해 하루하루 열심히 살면서 승승장구하고 있다.

로마 황제 아우렐리우스는 "인간의 일생은 그 사람이 생각한 대로 된다."라고 말한다. 어릴 때 꿈이 없는 아이는 커서 그냥 어른이 되어버린다.

어릴 적 나는 꿈이 없는 사람이었다. 나의 인생에서 거대한 폭풍을 만나기 전까지만 해도 꿈이 있어야 하는 이유조차도 알지 못한 채 어린 시절을 보냈다. 꿈이 없던 나는 꿈이 있는 사람이 부러웠다. 어려서 아직 잘 몰랐음에도 불구하고 나는 장래 희망에 관한 생각을 하면 그 직업에 대한 좋은 면보다는 부정적인 생각을 더 많이 했다. 나도 슈바이처 같은 멋진 의사가 꿈이었던

지금, 꿈과 성공을 만나는 시간

적이 잠시 있었다. 하지만 내 주변 어른들은 나의 꿈을 듣고는 나에게 모질게도 "의사는 공부를 오래 해야 하고, 다치고 아파서 의사에게 찾아가기 때문에 아프다는 소리만 평생 들어야 하고, 피도 많이 봐야 해. 수술이라는 것도 해야 하는데 네가 실수로라도 잘못하면 사람이 죽을 수도 있어! 겁이 많은 너는 안 돼! 넌 못할 거야!"라고 말했다.

어른들의 그 말 때문에 시작조차 해볼 엄두도 못 내고 울먹이며 겁먹고 포기했던 어릴 적 꿈이 아주 잠시 있었다. 작은 아이가 고민하고 고민하여 당신에게 꿈을 이야기하면 "와, 멋진 꿈이야! 넌 할 수 있을 거야! 너의 꿈을 응원할게!"라고 말해주자.

그렇게 나는 꿈이 없으니 공부할 이유도 목적도 없이 학창 시절을 보내버렸다. 하지만 커서 나는 그 어른들이 나에게 왜 그렇게 말했는지 이유를 찾을 수 있었다.

그들도 꿈을 이루지 못한 채 사는 대로 살았기 때문에, 주변 사람도 더욱이 나처럼 초라한 어린아이의 꿈은 당연히 이룰 수 없을 거라고 생각했을 것이다.

옛날 이스라엘에 다윗이라는 양치기 소년이 있었다. 어느 날, 블레셋 군대가 이스라엘로 쳐들어왔다. 블레셋 군대에는 골리앗이라는 거인이 있어서 이스라엘 군대가 당해내지 못했다. 골리앗이 한 달을 넘도록 싸움을 걸어왔을 때 이스라엘의 누구도 그의 결투에 응하지 않았다. 결국, 다윗이 골리앗과 싸우겠다고 나섰을 때 그의 형제들은 양치기인 다윗을 비아냥거리며 패배를 예견했다. 하지만 다윗은 골리앗과의 결투에서 멋지게 승리했다.

꿈 없이 성장했던 나였지만 커서 꿈을 생각하고 행동하고 나서부터는 다른 사람이 되었다. 인생에서 꿈, 목표가 생겨버린 것이다. '나는 꿈이 있어!'라고 확신하는 순간부터 천천히 스스로 깨닫기 시작했다. 주변 사람들의 부정적인 편견과 선입견으로 가려져 있던 희미했던 모습들이 천천히 형태를 보이기 시작했다. 내 삶의 방향은 내가 조정할 수 있다는 것을 알아가기 시작했다. 누군가가 깨워야만 힘들게 일어나던 피곤했던 아침에도, 이제는 내 의지대로 더 일찍 일어나 활력 있는 하루가 되기 위해 책을 읽고 운동하고 공부하게 되었다.

단지 꿈을 만들었을 뿐인데 나 스스로 삶에 대한 태도가 바뀌었다. 긍정적인 마인드가 생겨나고 내 꿈이라는 목표를 향해 힘차게 나아갈 수 있게 되었다. 꿈이 없는 사람이 꿈을 가져야겠다고 생각하고 마음만 먹어도 행동이 변하고 습관이 변하고 삶이 변한다.

당당하게 걸어야 하는 이유

"자신의 약점을 천천히, 냉정히 살펴봐야만 성과를 개
선할 수 있다."

– 베르너 오토

당신의 힘 있는 자세와 높은 각도의 얼굴과 시선이 당신이 꿈
꾸는 무언가를 이루어지게 한다. 오래전 폭우에 잔뜩 비 맞은 작
은 새처럼 두 어깨가 땅으로 축 처지고, 힘없이 고개를 숙인 채
땅바닥만 바라보며 걸어 다녔던 적이 있었다.

일명 '도를 아십니까?'라는 포교 활동하는 사람이 나에게 다가
왔다. 우울해 보이고 무기력한 나에게 "얼굴이 선해 보이시네
요." 하면서 다가와 말을 걸었다. 나는 그날따라 더욱 피곤하고
감기 기운도 있어 대꾸할 힘도 없이 더욱 웅크리며 고개를 숙인
채 집 쪽으로 힘없이 걸어가고 있었다. "저기요, 얼굴이 선해 보
이시는데 가까이 보니 안 좋은 일만 가득하다고 얼굴에 쓰여 있
네요. 제가 도울 수 있을 것 같은데 저와 잠시 대화 좀 나눠보시
겠어요?"라며 내 얼굴을 빤히 쳐다보며 물어보았다. 나는 듣는
척도 안 했음에도 불구하고 그 사람은 아파트까지 계속 나를 따
라오면서 좋은 말을 해주다가 말을 바꾸어 나에게 이런저런 좋
지 않은 일이 앞으로 많이 생길 거라는 말도 안 되는 협박도 하

며 따라왔다.

어이없는 표정으로 그 사람의 얼굴을 빤히 바라보았다. 갑자기 내가 그 사람의 눈을 맞추며 바라보자 그 사람의 눈빛은 어디로 향할지 몰라 당황해하는 표정이었다. '이 사람, 참 쓸데없이 열심히 사는구나.'라는 생각이 들어 안타까운 마음이 들었다.

아파트로 들어가려다가 편의점에 들러 캔 음료 두 개를 샀다. 편의점까지 따라온 그 사람에게 하나를 주며 편의점 의자에 앉았다. 나도 음료를 마시며 잠깐의 대화가 시작되었다. 커피까지 사서 대화하니 그 사람은 더욱 신이 나서 이런저런 말을 많이 하면서 하지 말아야 할 말들도 많이 했었다.

"제가 포교 활동하다가 선택한 사람 중 90%는 저의 설득에 넘어와요. 저는 사람을 잘 선택하거든요. 이런 사람 있잖아요. 주로 고개 푹 숙인 사람, 어깨가 처지고 땅만 쳐다보며 걷는 사람들에게 주로 다가가 말을 걸기 시작해요. 그럼 그 사람들은 당신처럼 처음에는 안 듣다가 나중에는 저와 함께 좋은 곳으로 가죠. 이 조직에서는 그래도 저의 안목을 꽤 알아준답니다. 하하."

그래서 나는 되물었다. "제가 그렇게 걸었나요? 삶의 희망이 없어 보이는 힘없는 사람의 걸음걸이였나요? 맞네요. 지금 제가 하는 일을 힘들어서, 제 삶의 무게가 너무 무겁다는 생각을 하면서 걸었어요." 그 사람은 "말씀드리긴 민망하지만, 맞아요! 딱 실패한 사람의 자세였어요. 그래서 내가 기꺼이 도와줘야겠다고 느껴 말을 걸었지요!"라고 말하며 신나게 맞장구쳤다.

그 사람은 내가 잘되는 방법을 알고 있다며 내 인생이 참 안쓰럽다고 나를 위로해주는 척하면서 본격적인 이야기를 하기 시작했다. 자신과 함께 우리 조상들 모시는 곳에 가서 예의만 차리면

지금, 꿈과 성공을 만나는 시간

나쁜 기운과 액운이 물러간다며 같이 가자고 설득했다. 나는 무엇이 필요한지 물었고 그 사람은 소정의 돈이 필요하다고 말했다. 나는 돈이 없다고 말하니 괜찮다며 여기서 기다릴 테니 집에 가서 돈을 가져오든지 아니면 돈을 대신할 귀중품을 가져오면 된다고 말했다. 나는 그분을 두 눈을 똑바로 바라보며 말했다. "내가 그런 돈과 귀중품이 있다면 왜 실패한 사람의 자세로 걸었을까요?" 갑자기 그 사람은 내가 더는 이야기해도 안 통할 것 같다고 느꼈는지 이야기 즐거웠다며 일어났다.

결국, 그 사람은 고개를 갸웃거리며 나를 설득하는 것을 포기하고 음료 잘 마셨다는 말과 함께 자리를 떠났다. 나는 그 사람이 일어나서 가는 모습을 계속 바라보았다.

그는 나에게 했던 똑같은 말로 땅을 보며 걷는 사람들에게 다가가 말을 걸기 시작했다. 그 사람과의 대화로 나는 많은 것을 배웠다. 내가 왜 땅만 보면서 걷게 되었는지, 과연 지금 하는 일이 내가 즐기는 일인지 다시 한번 생각하게 되었다. 힘없이 땅바닥을 쳐다보며 걷는 습관은 반드시 고쳐야겠다고 생각한 날이었다. 그날 이후 어깨를 펴고 시선은 땅이 아니라 당당히 앞을 보며 걸으려고 노력하게 되었다.

힘든 일이 생길수록 더욱 자세부터 반듯하게 바로잡으려고 노력했고 허리를 쭉 펴고 정면을 보고 걸었다. 그렇게 자세를 바로하고 어깨를 펴고 걸으니 나에게 생겨나던 '나는 능력이 없어서 못 해낼 거야.' 하는 부정적인 마음이 사라지기 시작했으며 다른 사람들도 나를 능력 있는 사람으로 보기 시작했다. 어깨만 펴고 자세를 바로 하려고 노력했을 뿐인데 절망적인 상황에서도 빠르게 빠져나올 수 있었다.

예전 어느 날 저녁, 외국 항공사에서 근무하는 언니와 대한항공 승무원으로 10년 넘게 일하는 언니들과 저녁을 먹었을 때 일이다. 나는 항상 이코노미석만 탔기 때문에 비즈니스나 퍼스트 클래스 승객들이 늘 궁금했었다. 나는 언니들에게 퍼스트 클래스 승객들이 지닌 특별한 특징에 관해 물었고 언니들은 나에게 많은 일화를 들려주며 즐겁게 시간을 보냈다.

"난 승객이 걸어오는 모습만 봐도 부자인지 아닌지 구별할 수 있어. 일등석에 탑승한 승객들은 대부분 자세가 바르고 시선이 먼 곳까지 내려 볼 만큼 고개의 각도가 높아." 다른 언니도 말했다. "맞아, 매일매일 운동도 열심히 하는 것 같아. 또 그렇게 살이 찌거나 마른 몸도 아니야. 그래서 승객들도 나이가 좀 있어 보여도 힘이 있고 살에 탄력 있어 보여."라며 까르르 웃었다. "참, 아까 네가 걸어오는 모습을 보는데 넌 왜 땅을 쳐다보면서 걸어? 떨어진 돈을 발견할까 봐? 아무튼, 땅만 바라보며 걷는 부자들은 없어. 꼭 자세를 바르게! 얼굴은 정면을 바라보고, 입꼬리도 살짝 올리고, 힘차게 걸어! 그래야 항상 좋은 일만 가득 생기지!"라고 말하는 언니들의 잔소리가 지루할 즘 다른 언니가 말했다.

"내가 다이어트도 되면서 자세도 바르게 교정되는 방법을 알려줄게. 벽에 머리부터 발뒤꿈치까지 완전히 붙이고 허리에 자신의 주먹이 살짝 들어갈 정도의 공간만 남겨둔 채 자세를 유지하는 거야."라며 조언해 주었다. 듣기에는 참 쉬워 보였는데 그 자리에서 바로 막상 해보니 바로 힘들어졌다. 힘들다는 나의 말에 내 자세가 많이 안 좋아서 그렇다며 꼭 자주 하라는 사소한 이야기가 나의 인생을 변하게 만든 소중한 비결이었음을 나중에 알게 되었다.

지금, 꿈과 성공을 만나는 시간

학창 시절부터 내 자세가 힘없고 구부정하며 땅을 보며 걷진 않았다. 스무 살 때쯤 집에서 하던 사업이 부도나면서 마음까지 빈털터리가 되면서 내 걸음걸이도 없어졌다. 겨우 회사에 취직하여 조금의 월급을 받아도 반은 빚으로 통장에서 자동이체 되는 걸 보면서 매일매일 견디기 힘든 나날을 보낼 때, 나의 마음이 그대로 나의 자세와 걷는 모습에 비치는 것 같아 속상했었다. 자세를 교정하면서 내 마음까지도 교정되고 있음을 느낄 수 있었다.

　자세를 교정하면서 항상 '있는 척'의 마음가짐도 함께 가지려고 노력했다. '돈 없어도 있는 척, 힘들어도 안 힘든 척, 월세방에서 살지만, 예전처럼 좋은 집에서 사는 척, 일도 잘하는 척, 영어도 잘하고 책도 많이 읽는 척' 힘든 시기를 그렇게 있는 척하며 열심히 살아가다 보니 당당한 자세와 힘 있는 걸음으로 변하기 시작했다.

　'있는 척'을 진정한 나의 것으로 만들기 위해 노력하며 열심히 살았다. 지금은 그때보다 상황이 비교할 수 없을 만큼 좋아졌을 뿐 아니라 더욱 겸손해지려고 노력하며 '있는 척'을 경계한다. 하지만 누군가 힘든 시기를 겪고 있다면 나는 '있는 척' 처방전이 참 좋다고 생각한다. 스스로 자신에게 높은 가치를 부여하고 자신을 사랑하려고 노력할 때 자신의 가치가 높아진다.

　니체는 자신의 철학적 자서전인 『이 사람을 보라』에서 이렇게 말했다. "자기 자신을 하찮은 사람으로 깎아내리지 마라. 그런 태도는 자신의 행동과 사고를 꽁꽁 옭아매게 한다. 무슨 일을 하더라도 자기 자신을 사랑하는 것으로부터 시작하라. 지금까지 살면서 아직 아무것도 이루지 못했을지라도 자신을 항상 존귀한 인간으로 사랑하고 존경하라는 것이다. 자기 자신을 사랑하면 결코 악행을 저지르지 않고 누구로부터 손가락질 받을 일도 저지르지 않는다. 그런 태도가 미래를 꿈꾸는 데 있어 가장 강력한 힘으로 작용한다는 사실을 절대로 잊지 마라." 니체는 또한 이 책에서 "나는 이 책으로 인류에게 최대의 선물을 했다."라고 말했다. 니체의 엄청난 자신감이 현재 힘든 나날을 겪고 있는 이들에게 꼭 필요하다. 니체처럼 자신에게 높은 가치를 부여하고 당당한 자세와 높은 시선을 유지하며 힘 있는 자세와 걸음걸이로 세상을 향해 걸어보라.

사람들이 나에게 삶을 빠르게 변화시킬 수 있는 아주 작은 습관을 추천해달라고 하면 나는 말한다. "자세를 바르게 어깨를 펴세요! 어깨를 펴고 자세를 바로 하는 습관으로 예전의 삶보다 더 나은 삶으로 나아갈 수 있습니다."

지금, 꿈과 성공을 만나는 시간

용기 내어 꿈을 세상 밖으로 밀어내기

"자신에게 가능한 범주 안에서만 살아가는 사람은 상상력이 부족하다."

– 오스카 와일드

강연을 마치고 자료 정리하던 중 어느 아이 엄마가 나에게 다가와 수줍게 말을 걸었다.

"선생님, 강연 너무 즐겁게 잘 들었어요. 감사합니다. 이런 말씀을 드려도 될지 모르겠는데, 그냥 제가 답답해서요. 선생님께 꼭 물어보고 싶은 질문이 있어요. 선생님, 저에게도 꿈이 있었어요. 그런데 결혼 후 전업주부로 살림하면서 아이를 양육하면서 내 꿈을 생각할 시간도, 나를 위한 시간도 자연스럽게 없어졌어요. 저는 집에서 요리하고 살림하는 가정주부가 저의 적성하고 잘 맞는다고 생각하거든요. 그렇게 세월을 보내다가 저희 아이가 지금은 중학생이 됐어요. 아이가 중학생이 되니 아이는 이제 저보다는 친구들을 만나는 시간이 더 많아져 가고, 남편은 회사에 눈치 보인다며 야근하는 날도 잦아지고 회사에 더욱 충성하게 되네요. 그래서 이제야 저도 저의 시간이 생기기 시작해서 예전 내가 생각했던 '꿈'이라는 단어가 다시 생각나게 되었어요. 저도 성공해서 부자가 되고 싶은데, 지금 제 꿈을 다시 꺼내어 뭔가

해보려는 게 너무 늦은 건 아닐까요?"

나는 그분의 두 손을 꼭 잡고 아직 늦지 않았다고 말씀드리며 미국 주부들에게 '일하는 엄마'의 성공 모델로 잘 알려진 도리스 크리스토퍼(Doris Christopher)의 일화를 들려주었다.

"미국에 도리스 크리스토퍼라는 여성이 있어요. 그녀는 두 딸에게 요리해주는 것을 큰 즐거움으로 여기는 그냥 평범한 전업주부였어요. 어느 날 그녀는 요리할 때 좀 더 편리한 주방 도구가 있었으면 좋겠다고 생각했어요. 그녀가 생각한 편리한 주방 도구를 구하기 어려워지자 자신이 직접 회사를 차렸어요. 그녀의 집 지하실에서 시작할 때 첫 자본금은 보험을 담보로 대출받은 3,000 달러, 우리나라 돈 대략 300여만 원이 전부였지요. 요즘 말하는 스타트업 기업으로 첫 시작은 초라했어요. 하지만 그녀의 주방 도구를 가지고 요리하는 주부들을 조금씩 고객으로 확보하여 300 여만 원으로 시작한 그녀의 회사는 9,000억 원이 넘는 거대 기업으로 성장했습니다. 그녀는 다른 곳에서 꿈을 찾지 않았어요. 그녀의 일상에서 익숙한 일을 사업화해 크게 성공한 인물이 되었지요. 가정주부의 경험 바탕이 큰 기업을 키워 가는 데 소중한 밑거름이 될 수 있었어요. 지금이 꿈을 다시 꺼내어 마주 보기에 가장 좋을 때입니다. 꿈을 위해 아주 작은 행동이라도 꼭 지금 바로 실천해보시길 응원합니다."

비록 과거형이지만 "나에게도 꿈은 있었어요."라고 말하는 사람이 매우 반갑고 멋지다. 그 꿈을 언제든지 다시 꺼내어 마주하게 될 때 가슴이 두근두근 설레는 것을 나는 이미 알고 있기 때문이다. 나는 다시 꺼내 볼 '꿈'조차도 꿔보지도 못한 불쌍한 사람이었다.

 학창 시절에 누군가가 나에게 "넌 꿈이 뭐니?"라고 묻는다면 나는 항상 대답을 못 하는 학생이었다. 그러면 친구들은 "야! 넌 어떻게 꿈도 없냐? 아무 꿈도 없으면 그냥 직장인이라고 대답하던가!"라며 핀잔을 주었다. 나는 정말 친구들이 알려준 대로 의미 없는 대답을 하는, 그런 꿈이 없는 불쌍한 학생이었다.

 그렇게 꿈이 없이 30년 넘게 살다가 결혼 후 아이를 키우면서부터 꿈이라는 것이 생겨났다. '나중에 아이에게 좀 더 자랑스러운 엄마가 되기 위해서 이렇게 생각 없이 살면 안 되겠다.'라는 생각이 들었고, 그날 이후 내가 정말 좋아하는 일을 생각해보며 천천히 나의 꿈을 찾아보기 시작했다. 나의 꿈은 현재 진행 중이다. 살림하고 육아하면서 나의 꿈을 향해 한 걸음씩 나아가고 있다. 가끔 지치고 피곤하지만 꿈이 없던 과거와는 비교할 수 없을만큼 행복하다. 나와 제일 가까이 있는 가족이나 친구들은 나에게 삶이 너무 피곤해 보인다고 말한다. 하지만 정작 나는 피곤하지 않고 오히려 꿈을 이루기 위해 노력하는 과정을 즐기고 있다고 말한다.

 어릴 때 소풍 가서 보물찾기할 때와 비슷하다. 숨겨진 보물을 찾는 그 순간이 기대되고 흥분되고 즐거워 시간이 어떻게 지나가는 줄 모를 만큼 집중해서 열심히 찾았었다. 꿈을 이루는 과정의 시간이 그 어릴 적 보물찾기하던 즐거운 시간을 떠오르게 한다.

 얼마 전 행복하고 튼튼한 심장을 만드는 법에 관한 흥미로운 기사를 읽었는데 그중 하나는 꿈을 가져야 한다는 것이었다. 이에 많이 공감했다. 목표가 있고 그것을 추구하는 사람은 걱정을 덜 하고 긍정적인 생각을 하고 자존감이 높다. 또한, 꿈이 없는 사람보다 꿈이 있는 사람이 인생에서 더 많은 의미를 찾게 된다는 기사에 저절로 고개가 끄덕여졌다.

꿈이 있었다고 말하는 사람은 무의식적으로 그 꿈을 계속 생각하고 있으므로 꿈조차 없었던 사람보다 더 빨리 성공할 수 있다. 이루지 못한 꿈을 상상하고, 그것을 실현하기 위해 사소한 행동이라도 꼭 실천하라. 실행한 횟수가 계속 쌓이게 되면 꿈이라는 큰 그림이 조금씩 뚜렷하게 보일 것이다. 명확한 꿈을 그리고 지금 내가 할 수 있는 계획과 행동을 시작하자. 꿈을 생각조차 하지 못한, 꿈이라는 것을 가져보지도 못한 사람보다, 꿈이 있던 당신은 충분히 당신의 꿈과 가까이 있는 사람이다.

지금은 '100세 시대'라고 사람들은 말한다. 하지만 우리는 꿈보다는 당장 내일이라는 현실을 걱정하며 살고 있다. 하지만 지금 당신의 꿈을 생각하고 그 꿈을 위해 작은 행동이라도 실행한다면, 당신의 꿈이 이루어질 수 있는 시간도 충분히 있다는 것을 기억하자. 더 이상 꿈을 미루지 말고 일단 종이에 당신의 꿈을 적어보는 것부터 시작해보자. 현재가 당신의 꿈을 그려보는 데 가장 좋은 타이밍이다. 바로 지금, 내 생각을 작은 실행에 옮기는 순간 자신의 꿈을 사랑하기 시작한다. 결국, 꿈을 이루고 내가 생각한 모든 것이 가능하게 됨을 당신을 알게 될 것이다. '실행에 옮기는 순간 나는 더욱 강해지며 불가능한 일은 사라진다.'라고 생각하라. 누구도 나의 인생을 대신 살아줄 수 없고 누구도 나를 나보다 더 잘 알 수 없다.

세계적인 성공철학의 거장 나폴레온 힐은 『놓치고 싶지 않은 나의 꿈 나의 인생 3』에서 성공한 사람들이 갖는 리더십의 특징에 대해서 다음과 같이 말하고 있다. "명확한 목표는 성공에 꼭 필요한 요소입니다. 자기가 무엇을 원하는지 모르는데, 성공할 수 있을까요? 98%의 사람이 목표 없이 실패자로 살아간다는 사실에 주목하십시오. 명확한 목표를 지니고 하루하루를 살아가십시오. 목표를 습관화하지 않은 사람은 표류하는 인생을 살게 됩니다."

이렇듯 꿈이 명확해야 성공한다. 꿈이 없는 사람은 빨리 늙지만, 꿈이 있는 사람은 젊음을 유지한다. 꿈이 없다는 것은 깜깜한 밤하늘에 별 하나 보이지 않는 인생과 같다. 예전에 꿈꿔왔던 꿈이든 현재 지금 생긴 꿈이든, 꿈은 칠흑같이 어두운 밤하늘 같은 인생에서 환하게 빛나는 보름달처럼 당신 인생의 어두운 길을 환하게 비춰 준다. 이제 당신의 깊은 가슴속에서 잠들어있는 당신의 꿈을 깨우고 세상 밖으로 꺼내라. 깨우는 순간 당신 꿈의 절반은 이루어진 것이다.

지금, 용기 내어 꿈을 세상 밖으로 힘껏 밀어내라.

내 안에 행운이 들어있다고?

"나는 가난하게 태어났지만 가난하게 죽지는 않을 것
이다."

– 조지 소로스

로또를 사는 사람들은 인생이 대박 날 수 있기를 희망하며 로
또를 산다. 나도 로또를 살 때 당첨될 희박한 확률을 열심히 계
산해가며 구매한 적은 단 한 번도 없었다. 그래도 행운의 여신이
나에게 찾아올 수 있다는 막연한 기대감으로, 최저 비용으로 최
대 만족을 얻고자 매주 로또를 샀다. 오래전 유명하다는 로또
명당 편의점에 들러 로또를 구매하고 밖으로 나오는 순간 문에
달린 종소리가 내 머릿속에서 '로또 당첨 확률이 800만 분의 1
이라는데 왜 매주 로또를 사고 있어?'라는 생각을 들게 했다. 우
울한 생각에 잠시 멈칫했지만, 로또 종이 위의 '국민복지' 문구
가 눈에 들어왔다. '그래, 내가 로또를 사면 어려운 사람들을 도
와주기도 한다고 하니까.'라고 생각하며 머릿속에 있는 부정적인
생각을 미루어내고 다시 집으로 향했다. 그날도 어김없이 로또
프로그램을 떨리는 마음으로 손에 땀이 날 만큼 긴장감을 느끼
며 시청했다. 로또 채널 기계에서 나오는 로또 번호가 내가 가진
것과 다르게 나온 것을 확인한 후, 나 스스로를 위한다며 맥주

한 캔을 마시며 당첨된 사람을 부러워했다.

'나처럼 오늘 로또 방송을 시청하고 있는 사람들이 얼마나 될까? 최소 10년 넘게 최소 5천 원씩 매주 로또 살 돈을 저축했다면 얼마를 모았을까?'라는 호기심이 들자 금액을 계산해보며 인터넷을 검색해봤다. 내가 적은 돈이라고 생각한 로또 구매비가 생각보다 큰 금액이라 놀랐다. 이번에는 로또에 당첨된 사람들의 삶이 궁금해졌다. 행운의 사람들이니까 분명 행복한 나날을 보내고 있을 로또 당첨자들을 생각하며 기사를 찾아보기 시작했다. 당첨되었던 사람들이 현재는 어떠한 삶을 살고 있는지 검색하고 신문 기사를 읽을수록 실망감과 허무함이 쓰나미처럼 몰려왔다. 잘살고 있는 사람들보다 당첨되기 이전의 삶보다 더 힘든 삶을 살고 있다는 사람들의 기사들을 읽게 되었다. 복권에 당첨이 되고도 왜 삶이 이처럼 더 망가졌는지 이해할 수 없었다.

우선 종이와 펜을 가지고 와서 '내가 만약 로또에 당첨된다면'이라는 가설을 세우고 100억이라고 적었다. 100억을 사용할 곳도 적어보았다. 부동산을 사고 가족들에게 얼마씩 나누어줘도 100억이라는 큰돈을 어떻게 사용할지 몰랐다. 큰돈이 있어도 어떻게 사용할지 모르는 이유에 대해 생각해보니 결국은 나의 부의 그릇이 큰돈을 담기에는 너무나 작은 그릇이라는 것을 스스로 깨닫게 되었다. '폭포수를 작은 그릇에 담으려고 하면 그 작은 그릇이라도 물을 채울 수 있기는 할까?'라는 생각이 들자 먼저 '나'라는 그릇을 크게 만들기로 했다. 그럼 '나'라는 그릇을 크게 만들려면 무엇을 해야 할지 생각해보니 지금의 내 모습에서 해답을 찾을 수가 있었다. 지금 어떻게 사느냐에 따라서 앞으로 만들어질 내 그릇의 크기가 결정된다.

그렇다면 답은 '지금'이었다. 답을 찾자마자 나는 스케치북에 3가지를 크게 쓰고 벽에 붙여놓았다.

1. 지금 눈앞에 있는 것에 집중하자.
2. 좋은 행운을 하나씩 쌓아 더 크고 좋은 행운이 나를 찾아오게 하자.
3. 넘어졌으면 돌이라도 줍고 일어나자.

작은 일이라도 현재 벌어지는 일에 대해서 내가 할 수 있는 최선을 다하며 현재 하는 일을 사랑하게 되었다.

'행운'에 너무 신경 쓰지 않고 힘을 많이 빼지 않기 시작하면서 작은 행운이 모여 큰 행운을 이루기 시작했다. 큰 그릇을 만들려면 무엇보다 생각의 크기가 커야 했다. 크게 생각해야 그릇을 크게 만들 수 있다고 생각하면서부터 이미 내 그릇의 크기는 커져 있었다.

내 행동은 나 스스로 세운 목표에 따라 좌우된다는 사실을 깨닫기 시작하면서 머릿속에 이미 큰 그릇의 이미지가 자리하고 있었다. 큰 그릇이라는 목표가 생기고 나서부터 상상이 현실이 되도록 노력했다. 초단기, 단기, 중기, 장기 목표라는 기간을 정해 스스로 큰 그릇을 만들어가는 연습을 나는 지금도 하고 있다.

큰 행운을 담을 수 있는 그릇을 다 완성해야 행운을 담을 수 있는 것은 아니다. 먼저 큰 그릇부터 만들고 행운을 담기 시작할 필요는 없다는 말이다. 넓은 그릇의 밑바닥이 만들어지는 순간부터 행운을 담기 시작할 수 있다. 그릇이 완성되는 시점은 내가 이 세상을 떠날 때 즉 죽을 때가 아닐까 생각한다. 그릇의 높이는 나이와 같다. 성공한 사람들은 처음부터 완벽하게 준비하고 시작한 사람들보다 먼저 시작하고 실수를 고쳐나가는 사람들이 대부분이며, 작은 행운을 감사히 받을 수 있는 겸손한 사람들이다.

아기로 태어나자마자 바로 걷고 뛰는 사람은 없다. 넘어지면서 균형을 잡아나가는 방법을 배워나가는 것이다. 무섭다고 가만히 누워만 있다면 평생 앉아 있지도 못할 것이다. 내가 큰 그릇을 만들고 있는 방법은 아래와 같다.

> 첫 번째, 큰 행운을 담을 수 있는 큰 그릇을 만들 생각
> 을 먼저 하는 것
> 두 번째, 현재에 최선을 다하며 큰 그릇을 만들며 작은
> 행운을 담기 시작하는 것
> 세 번째, 마지막으로 작은 행운과 큰 행운을 담을 수
> 있도록 높고 견고한 그릇을 만들며 큰 생각
> 을 하는 것

큰 행운에 휘둘려 자기의 정체성을 잃게 되면 사람들이 말하는, 로또에 당첨되고도 실패한 삶을 살게 된다. 큰 행운에 지배당하지 않으려면 내가 큰 행운을 지배하면 된다. 사람마다 행운을 담을 수 있는 그릇의 크기는 전부 다르다. 작은 행운을 계속 그릇에 담다 보면 큰 행운이 찾아오는 날 두려움이 아닌 감사로 그것을 맞이하게 된다.

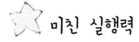 미친 실행력

> "미루는 습관을 버리자. 완벽한 때라는 건 결코 없다."
> – 나폴레온 힐

"인생은 저지르는 사람의 몫이다." 결정을 힘들어하고 망설이는 사람들에게 자주 해주는 말이다. 모든 일에 완벽한 때는 없다. 내 주변에는 완벽주의자들이 많다. 모든 일을 완벽하게 계획하고 맡은 일을 완벽하게 하려는 사람들의 특징 또한 무슨 일을 시작하는 데 오랜 시간이 걸린다는 점이다.

학원을 운영하면서 많은 선생님과 인터뷰를 해보면 지원해주신 선생님들은 자신의 장점으로 스스로가 '완벽주의자'임을 강조한다. 완벽주의자 선생님들은 뽑으면 정말 맡은 업무는 완벽하게 해내기 위해 최선을 다해 노력한다. 하지만 다른 사람들보다 회사를 더 빨리 그만둔다. 완벽주의가 최고의 강점인 줄 알았는데 왜 회사를 빨리 그만두는지에 대해서 처음에는 이해할 수가 없었다. 이후 그들과 함께 지내면서 그들은 정해주지 않은 일에 대해 어떻게 시작해야 할지, 어떤 일을 해야 할지 모른다는 것, 또 완벽주의자이기 때문에 업무를 맡는 것도 부담스러워한다는 것을 알게 되었다. 회사가 운영되려면 맡기 싫은 업무도 누군가는 꼭 해야 하므로 완벽주의자들은 남들보다 더 많은 스트레스를 받고 있었던 것이었다.

그들의 완벽주의 성향 때문에 그들이 가지고 있는 찬란한 장점들도 점차 작아지는 것을 느꼈다. 아무런 계획 없이, 생각 없이 무조건 일을 저지르라는 이야기가 아니다. 모든 일은 계획하고 준비해서 시작해야 하지만, 완벽한 계획은 세상에 없다. 완벽하지 않더라도 시작하면서 완벽해지기 위해 노력하면 된다.

실패하면 실패한 원인이 분명히 있다. 인류가 지금까지 발전할 수 있었던 이유는 완벽하진 않지만 시작해보고 완벽을 위해 노력한 결과가 아닐까 생각한다.

사람은 많은 실수를 하고 쉽게 좌절하며 여전히 부족한 점이 많다는 것을 우리는 이미 알고 있다. 하지만 실패하면서 배우고 성장하며, 계획을 수정하면서 완벽해지려고 노력한다. 실패할지도 모른다거나, 부족한 능력을 다른 사람들이 비웃을 수 있다는 두려움 때문에 완벽해야만 한다고 생각할 수 있다. 하지만 그것은 지금 시작하지 못하는 진짜 이유가 될 수는 없다.

많은 학부모가 어떻게 해야 아이가 영어를 잘할 수 있는지 해답을 찾는다. 나의 대답은 늘 한결같다. "좋은 영어 학원을 찾아서 바로 당장 등록하세요." 원장이 이렇게 말한다면 학부모님들은 '역시 원생 한 명이라도 당장 가입시키려고 하는구나.' 하는 표정이다.

또한, 우리나라의 많은 사람은 항상 새해 목표 중에 '영어 공부하기'가 늘 들어가 있다. 말은 참 쉬운데 행동은 어렵다. 영어 공부하는 게 해야 할 일이지만 공부를 행동으로 옮기기는 쉽지 않다. 먼저 돈을 내야, 돈이 아까워서 공부한다는 이유가 생긴다.

영어를 배우기 좋을 때는 아이가 영어에 관심이 생겼을 때이다. 부모는 아이가 영어에 관심이 생길 수 있도록 환경을 만들어주는 것이 좋다. 그때, 영어를 시작하라. 일단 시작하고 나중에 완벽해지자. 모든 일에 완벽한 계획은 없다. 외국어는 인생과 마찬가지이다. 단거리 경주가 아닌 마라톤이다.

영어 학원을 운영하면서 수많은 언어 영재를 만났다. 영재들은 평범한 보통 아이들과 확연히 달랐다. 영어 문장을 사진을 찍어내듯 그대로 암기하여 외우는 아이부터 애니메이션을 보고 만화에서 보았던 그 장면 그대로 완벽한 성대모사로 대사를 암기하는 아이 등등 수많은 영재 아이를 만나면서 '천재는 태어날 때부터 정해져 있다.'라고 생각했다. 그런데 얼마 전 내 생각을 완전히 바꾼 아이를 만났다. 평범했던 그 아이는 끈기 있고 성실했다. 엄마가 시키지 않아도 학원 갔다가 집에 오자마자 바로 숙제하면서 엄마한테 오늘 배운 부분을 이야기하며 즐거워했다고 한다. 영어 단어 시험을 봐서 틀린 단어가 있거나 영작 시간에 잘못된 문법을 체크해주면 집에서 틀린 부분을 고쳐서 다시 써오는 숙제를 빠짐없이 해왔다. 한두 달 만에 그 아이의 실력이 변화된 것을 느끼지는 못했다. 하지만 몇 개월 뒤 아이의 실력이 눈에 띄게 좋아진 것을 느끼며 아이가 어떻게 수업에 임하는지, 숙제를 어떻게 해오고 있는지 아이의 학습 과정을 눈여겨보며 관찰하기 시작했다.

그 아이는 열정적으로 영어를 알려주는, 에너지가 넘치는 영어 선생님들을 좋아했다. 영어 선생님들과 대화하고 싶어 해서 선생님들이 하는 말을 많이 따라 했다. 그리고 조금씩 영어로 말하기 시작하면서 선생님들끼리 영어로 대화하는 내용을 이해하고 선생님들과 함께 어울리는 것을 즐기기 시작했다.

'언어'는 기회를 열어주며 새롭고 긍정적인 변화를 위한 관계에서 매우 중요한 역할을 한다고 페렐 박사는 말한다. 좋아하는 사람과 관계를 맺고 싶다면 그 사람의 언어를 먼저 배워라. 영어를 잘하는 아이들의 학부모와 성공한 사람들의 공통점은 자신감 있는 빠른 결정을 내리고 필요할 때 천천히 그들의 결정을 바꾼다는 점이다.

지금 바로 시작하고 나중에 완벽해지자.

꿈으로 가는 길목은 좁다

"당신이 우주의 구성원이고, 자연에서 태어났음을 깨닫
고, 가진 시간이 제한됐다는 걸 알아야 할 시간이 됐다."
- 마르쿠스 아우렐리우스

처음 작가가 되어 책을 쓰겠다고 결심한 후 내 주변 사람들에
게 말했을 때 대부분 사람은 부정적인 반응을 보였다. 그들은 그
렇게 내가 간절히 원하고 꿈꾸었던 나의 희망을 책이 출간되기
전까지 믿지 못하고 비웃었다. "뭐라고? 작가가 되겠다고? 네가?
어떻게 책을 쓴다고?"라며 모든 주변 사람이, 심지어 내 가족도
웃으며 나의 꿈을 말렸다.

결혼하고 지금까지 우리 집은 시댁에 매달 한 번씩은 꼭 찾아
뵙고 식사도 함께하면서 이런저런 이야기꽃을 피우며 즐거운 시
간을 함께 보내려고 노력한다.

파란 하늘이 더욱더 높아 보이던 어느 날씨 좋은 토요일 오후,
우리 가족이 차를 타고 시댁에 가던 중 남편에게 말했다. "오빠!
나 작가가 되어야겠어. 책 쓰고 싶어!"

아이 아빠가 빙그레 웃더니 나를 어이없게 쳐다보면서 "그래
라."라며 전혀 실현 가능성 없어 보인다는 말투로 일장 연설을
늘어놨다. 결국, 신랑의 비웃음에 나의 감정이 폭발했다.

지금, 꿈과 성공을 만나는 시간

"왜 내 꿈을 비웃어? 정말 내가 작가가 되고 내가 쓴 책이 서점에서 팔리고 저자 강연회도 다니는 사람이 되면 지금 오빠의 모든 말과 표정을 어떻게 설명하려고 그래! 내가 지금껏 하고 싶은 꿈이 없어서 그냥 사는 대로 살았던 거지, 나도 무엇인가 해야겠다는 꿈이 생길 때는 정말 잘할 수 있단 말이야."라며 혼자 흥분해서 열심히 나의 꿈과 비전을 말했다. '그렇게 하세요.'라는 표정으로 나에게 미소만 지어 보이던 남편이 그날은 정말 야속했다. 남편이 나의 꿈을 비웃었을 때 나는 속으로 '아, 진짜 세상에 내 편 하나도 없네! 쳇, 두고 봐라!'라며 혼잣말을 했다.

한번은 나랑 친한 언니라면 나의 꿈을 인정해주고 나에게 할 수 있다는 자신감을 심어줄지도 모른다는 생각에 함께 일하며 내가 힘들 때마다 의지하는 언니에게 커피를 사주며 슬며시 나의 꿈인 작가에 대해 말했다. 언니는 내가 기대하고 생각했던 대답을 말해주는 줄 알았는데, 언니는 나에게 정신 차리라며 커피전문점이 떠나가라 큰 소리로 웃기 시작했다.

"지해야, 작가가 아무나 되니? 네가 책을 즐겨 읽는다고 작가되는 게 쉬워 보이는 것 같은데 정신 차려라. 네가 작가가 되면 언니 아는 사람 중에 처음으로 작가라는 직업을 가진 사람이 있게 되는 거야. 네가 너무 작가라는 직업을 만만히 보는 거 같다. 오늘 우리 큰딸이 내 말을 안 들어서 마음이 우울했는데 너 때문에 웃었다. 푸하하하." 나는 그렇게 말하는 언니가 얄미웠다. 내가 우울해하자 언니는 "농담이야, 한번 해볼 수 있으면 해봐, 네 인생인데 누가 뭐라고 하니?"라고 말했지만 나는 묵묵히 쓰디쓴 커피만 마셨다. 언니를 만나고 난 후, 난 다른 사람들에게 나의 꿈에 대해서 말하지 않기로 했다.

지인에게 나의 꿈을 말하는 대신 나는 스케치북에 내가 쓰고 싶은 책 제목을 적어놓고 냉장고에 붙여놓았다. 그런 모습을 남편이 안쓰럽게 바라보아도 뭐라고 말하지 않았다. 그냥 묵묵히 내가 쓰고 싶은 분야의 책들을 전부 구매해서 쌓아놓고 독서 삼매경에 빠져들었다. 책을 읽으면 읽을수록 나도 도전해보고 싶다는 강한 의지가 나를 이끌었고 영어교육에 관한 이야기를 한 줄 적기 시작했다. 작성한 나의 글을 프린트해서 내가 수업하고 있던 아이들의 엄마들에게 한번 읽어보시고 아이와 이렇게 놀아주시면 좋겠다며 편한 마음으로 전해드렸고, 효과를 본 아이 엄마가 주변 지인들에게 내가 쓴 글을 사진 찍어서 공유하셨다는 이야기를 듣게 되었다. 혹시 다른 놀이 방법과 다른 글을 받을 수 있겠냐는 어떤 아이 엄마의 말에 "그럼요! 지금 바로 톡으로 보내드릴 수 있어요!"라며 흥분된 목소리로 대답했었다. 나의 소중한 꿈을 주위 사람들이 말도 안 되는 소리라며 비웃었을 때, 내 마음속에서 '난 못해, 할 수 없어'라는 생각이 안 들었다고는 할 수 없다. 하지만 누군가는 내가 쓴 한참 부족한 내 글을 재미있게 읽었다는 생각에 큰 힘을 얻었다. 지금 생각해보면 나의 꿈을 큰소리로 비웃은 사람들을 이해할 수 있었다. 주위 사람들에게 신뢰를 주지 못한 내 잘못이 크기 때문이었다. 사람들에게 부정적인 말을 들을 때면 긍정적인 말이 가득 들어있는 책을 즐겨 읽으면서 내면의 힘을 단련시켰다.

나폴레온 힐의 『생각하라! 그러면 부자가 되리라』에서 다음과 같은 성공 사례가 나온다. "텍사스주 타일러의 작은 마을에 사는 한 10대 소년이 식품점으로 들어갔다. 가게에는 건달들이 난롯가에 앉아있었다. "야! 꼬마, 넌 이다음에 어른이 되면 뭐가 되고 싶으냐?" "뭐가 되고 싶은지 말씀드릴게요. 난 세상에서 제일 훌륭한 법률가가 될 거예요. 그게 제 소원이에요." 소년이 지체 없이 대답했다. 그러자 건달들은 가게가 떠나가라 큰 소리로 웃기 시작했다. 소년은 필요한 물건을 사 가지고 조용히 가게를 나왔다. 훗날 그 건달들은 다른 의미의 웃음을 흘려야 했을 것이다. 왜냐하면, 그 소년이 법조계의 유명 인물이 되었고, 그의 능력이 너무나 뛰어나서 미국 대통령보다도 수입이 많았기 때문이다. 그의 이름은 마틴 리틀턴(Martin Littleton)이었다. 그 역시 자기 마음속에서 나오는 신비한 힘을 발견했고, 그 힘은 그가 소망한 바를 이루게 했다. 법조계가 존속되는 한, 수천 명의 법률가가 리틀턴처럼 뛰어난 인물이 되고 싶어 하겠지만, 그들 중에서 그런 성공을 거둘 사람은 거의 없을 것이다. 왜냐하면, 그들은 로스쿨에서는 가르쳐 주지 않는 성공의 요인이 있다는 것을 모르기 때문이다." 결국, 내면의 힘으로 진정한 나를 발견할 수 있는 것이다.

　이탈리아의 베니스에 천재라고 불리는 노인이 살았다. 어떤 질문을 던져도 이 천재 노인은 대답할 수 있다고 한다. 어느 날 한 소년이 노인을 속일 수 있을 거라 생각하며 작은 새 한 마리를 잡아서 노인에게 달려갔다. 소년이 새를 그의 손바닥 안에 두고 노인에게 물었다. "이 새가 살았나요, 죽었나요?" 노인은 일말의 망설임도 없이 이처럼 대답했다. "애야, 그 새가 살아있다고 말하면 넌 손에 힘을 주어 새를 죽일 것이고, 새가 죽었다고 말하면 손을 펴서 새를 날려 줄 테니, 그 새가 죽고 사는 건 바로 네 손에 달려있단다." 이처럼 사람들이 당신의 꿈을 비웃더라도 그 꿈을 죽이고 살리는 건 모두 당신의 손에 달려있다.

　성공한 사람들의 자서전에서도 부모님을 잘 만나 성공한 사람보다, 고생하며 실패한 경험을 딛고 일어나 성공하는 과정이 있는 사람의 삶이 더욱 현실적이며 아름답게 느껴진다. 삶을 살아가며 선택하는 모든 것은 우리 손에 달려있다.

나 또한 주변의 비웃음과 부정적인 말 때문에 내 손으로 성공이라는 초의 촛불을 꺼버렸다. 하지만 마음가짐을 다시 하고 성공의 심지에 다시 불을 켰다. 이렇게 결점이 많은 나도 주변의 부정적인 말과 비웃음을 무시하고 목표를 달성했다. 결국, 나의 선택이 그토록 바라던 나의 저서를 출판하게 하였으며, 저자 강연회에 부정적인 말로 나에게 상처를 주었던 사람들을 초대하여 성공은 마음가짐에 달려있다는 점을 강조했다.

우리는 우리가 세운 목표를 충분히 이룰 수 있다. 나 또한 '배움'이 필요한 사람이며 부족한 사람이다. 하지만 당신이 간절히 원하는 꿈과 목표를 이루는 데 소소한 나의 경험이 작은 도움이 되길 바란다. 꿈을 가진 사람들 주변에는 꿈꾸는 사람들이 모여든다. 꿈을 꾸며 꿈을 이루고 있는 주변 사람들을 보면서 생각한다. '꿈을 이루는 길은 좁은 길이다. 하지만 꿈을 이룬 사람들의 성취는 전염성이 매우 강하다!'

미국 철학자 조지 산타야나(George Santayana)는 "과거를 기억하지 못하는 사람은 과거의 실수를 반복할 수밖에 없다."라고 말했다.

마음이 아프더라도 실패했던 과거에서 교훈을 얻지 못하면 성공할 수 없다. 실패에 낙담하지 말고 두려워하지 말자. 실패를 딛고 일어나 성공한 사람들의 명언을 보면 지금의 실패는 성공하기 위한 혁신 단계의 절차를 밟는 과정이다. 힘들었던 과거에서 벗어나는 일은 무척이나 어려운 일이지만, 피하지 않고 당당하게 바라보고 인정한다면 꽁꽁 얼어붙어 있던 과거와 멋지게 이별할 수 있다. 찬란하게 빛날 미래를 위해 바로 지금 과거와 멋지게 결별하자.

실패도 성공도 우연히 찾아오지 않는다. 성공한 사람의 자취를 따라가다 보면 어느새 산 정상에 서 있게 될 것이다. 사람은 살면서 많은 실패와 성공을 경험하게 된다. 실패하더라도 주저앉지 말고 계속 나아가라.

힘이 들면 잠시 앉아서 쉬어도 멈추거나 포기하지 말자. 꿈으로 가는 길은 아주 비좁다. 그 비좁은 길을 지나야만 꿈이라는 정상이 보일 수 있다. 꿈이 있는 정상으로 가는 길을 계속 갈 것인지, 좁은 길이 나와서 포기할 것인지, 선택은 당신만이 할 수 있다.

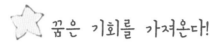 꿈은 기회를 가져온다!

"위험이 있는 곳에 기회가 있고, 기회가 있는 곳에 위험
도 있다. 이 둘은 분리될 수 없다. 이 둘은 함께한다."
– 나이팅게일

실패도 성공도 우연히 갑자기 찾아오지 않는다. 실패하는 일에
도, 성공하는 일에도 모두 이유가 있다. 모든 결과에는 항상 원인
이 있는 것처럼 현재의 내 모습은 예전 내가 한 일의 결과이다.

문화센터 방문 영어교육 사업을 처음 시작할 때 여러 문화센
터에 전화하면서 놀이영어 수업에 대해서 열심히 홍보했다. 마트
근처에 볼일이 있어 지나게 될 때도 문화센터 담당자에게 명함
을 드리고 우리가 타 문화센터에서 진행하고 있는 수업 사진과
엄마들의 높은 만족도와 피드백에 대해 알려주었다. 가끔 문화센
터 담당자가 자리에 없어 못 만나고 그냥 올 때도 있었지만 문화
센터에서 수업할 기회를 얻으려고 매번 열심히 노력했다.

그 기회가 얼마 후 찾아왔다. 예전에 만나서 열심히 홍보했었
던 문화센터 담당자로부터 다가오는 학기부터 수업할 수 있냐는
제안을 받았다. 하지만 생각했던 것보다 수강 인원이 너무 적어
서 수업이 폐강될 수밖에 없었다. 수강 인원이 적었던 이유는 홍
보가 부족했기 때문이라고 생각하여 일일 특강을 하면서 열심히

홍보했다. 다음 학기 수강 인원이 어느 정도 모이기 시작하면서 센터에서 수업을 진행할 수 있었다.

지금도 처음 고군분투했던 문화센터에서 수년째 수업을 계속 진행 중이다. 어느 날 즐겁게 아이들과 영어 수업을 마치고 출석부를 문화센터 안내 데스크 선생님에게 드리는데 접수하시는 선생님이 나에게 "선생님 강좌는 수강 인원이 많지는 않은데 어머님들의 반응이 정말 좋으세요. 다른 어머님들도 모시고 와서 수강 추천을 적극적으로 하세요. 이렇게 어머님들의 팬이 많은 강좌가 많지 않은데 그 비결이 뭔가요?"라며 웃으시면서 물어보셨다. "아이들을 진심으로 사랑하는 만큼 아이들 눈높이에 맞춰서 신나게 영어로 놀아서 그런가 봐요."라며 웃으며 대답했다.

사실 지금껏 수업하면서 놀이와 배움을 접목했을 때 아이들의 집중도와 즐거움이 배가 된다는 것을 깨달았다. 나는 기회가 나를 찾아오기만을 기다리지 않았다. 퇴근하고 집에 돌아오면 목이 쉬었고, 구두를 신은 내 두 발이 나의 삶의 무게처럼 무겁고 안쓰러웠다.

퇴근했다고 나의 업무가 끝난 것은 아니었다. 오히려 집안에서 살림이라는 업무가 다시 시작되었다. 아이 저녁밥을 차려주고 씻기고 청소하다 보면 온종일 정말 전쟁을 치른 것처럼 정신이 하나도 없었다. 아이 아빠가 퇴근 후 회사 일을 이야기하며 힘들다고 말할 때 나도 힘들다고 말할 수는 없었다. 내가 힘들다고 말하면 남편은 바로 일 그만하고 살림만 하라고 말할 것이 뻔했기 때문이다.

언제는 한번, 내가 일하고 살림하고 너무 힘들다고 말하니 남편은 왜 그렇게 힘들게 일하는지 모르겠다며, 꼭 돌아다니면서 사람들을 만나야 하는지, 전화로 하면 안 되는지 등 내가 하는 방식이 마음에 들지 않는다고 말했다.

너무 큰 꿈을 꾸는 건 아닌지 그래서 네가 힘들다면 무슨 소용이냐며, 나의 꿈을 좀 낮추라는 남편의 말에 흔들리기도 했다. 다시 마음을 굳게 하고 더욱 열심히 기회를 잡으려고 노력했다. 그리고 기회가 찾아왔다. 미리 준비해왔기 때문에 그 기회를 놓치지 않을 수 있었다.

나는 아이들에게 영어를 가르치면서 영어를 잘할 수 있는 몇 가지 팁들도 함께 말해주고 있다. 그중에 영어 말하기를 잘할 수 있는 비법도 있다. 그 비법은 바로 큰 소리로 말하기이다.

초등학교 때 처음 영어를 배우기 시작한 아이들은 설렘과 두려움, 기대감 그리고 불신이 가득한 표정으로 영어라는 언어를 만나게 된다.

아이들과 간단히 소개하고 난 후 시작하는 첫 수업은 알파벳과 음가를 큰 소리로 따라 하는 수업이다. 아이들에게 파닉스 발음 입 모양을 잡아주면서 계속 큰 소리로 따라 할 수 있도록 반복해준다. 우리 학원은 큰 소리로 수업하고 아이들이 노래도 부르고 하기 때문에 분위기가 조용한 편이 아니다. 어색해하지만 열심히 큰 소리로 반복해서 말하는 한 달 두 달이 지나면, 아이들이 어느새 영어 단어를 술술 읽는 모습을 볼 수 있다.

아이들이 영어를 말하고 읽는데 즐거워하는 눈빛을 보면서 내 삶에도 큰 소리로 말하기를 적용해보기로 했다. 긍정적인 말, 앞으로의 목표 및 비전을 큰 소리로 말하면서 나는 자신감을 키울 수 있었다. 열정을 갖고 확신 있게 큰 소리로 말하는 것에 효과

지금, 꿈과 성공을 만나는 시간

를 느낀 나는 수업 시간에 영어 원서 소리 내어 읽기를 진행하였고, 아이들에게 큰 효과를 보이고 있다. 나 스스로가 작아진다고 느낄 때면 나는 거울 앞에 서서 "나는 할 수 있다!"라고 큰 소리로 세 번 말한다. 이처럼 큰 소리로 긍정적인 말을 한다면 꿈을 이룰 기회가 더 빨리 찾아오는 것을 직접 경험을 통해 알 수 있었다.

어떤 옷을 입고 있는가보다는 옷을 입고 있는 사람의 태도가 중요하다. 기회를 만들 수 있는 사람은 다른 사람들이 당신에게 기회를 주기를 마냥 기다리는 대신에 스스로 기회가 찾아오도록 만드는 사람이다.

기회를 만드는 과정에서 실수했다고 포기하거나 기죽지 말자. 실수를 통해 배웠다면 그 실수를 통해 더 나은 큰 새로운 기회가 당신에게 찾아갈 것이다. 꿈이 있는 자가 기회를 얻는 법이다. 지금, 당신에게 기회가 찾아갈 수 있도록 당신의 꿈을 만들고 앞으로 찾아올 기회의 자리를 미리 만들어놓자.

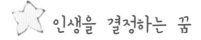 인생을 결정하는 꿈

"근본적으로 계획이냐 실행이냐 하는 문제다. 다른 사람들은 몇 달 동안 계획만 하지만 우리는 첫째 날부터 실행한다."

– 마이클 블룸버그

얼마 전 내가 존경하던 지인이 나에게 이런 말을 했다. "지해 씨는 처음 내가 봤을 때보다도 사람이 더 밝아지고 눈빛 또한 정말 많이 달라졌어. 이유가 뭘까?" 그 질문에 "꿈이 생기고 나부터 달라지기 시작하더라고요."라는 대답을 했던 기억이 난다.

꿈이라는 것을 꾸기 전까지 나는 정말 그저 그런 평범한 사람에 불과했다. 사람들 눈에 잘 띄는 것을 좋아하지 않는 성격이기도 하지만 정말 평범하게 살고 있던 사람이었다. 나는 평범한 것이 인생의 미덕처럼 여겼다. 남들과 똑같이 평범하게 남편이 회사에서 월급 받는 돈으로 평범하게 생활비 아끼면서 아이 키우고 평범하게 살아갔다. 내가 평범함에서 약간 다른 생각을 하면 엄마가 특히 말렸다. "지해야, 인생은 평범한 게 최고다. 굴곡 있는 삶은 너무 힘들어. 평범하게 살지 않으면 삶이 피곤해진다. 엄마는 평범하게 사는 너의 모습이 마음에 들고 너무 예뻐. 그러니까 엄마는 평범함을 벗어나지 않고 살았으면 좋겠구나." 이런 엄마의 바람대로 나는 평범하게 살았다.

가끔 아이디어가 머릿속에서 반짝여도 엄마가 나에게 한 말이 생각나 그런 생각들을 접었다. 가끔 읽는 자기계발서 책에서 마음을 울리는 문장을 읽어도 '당신이니까 가능한 거지 평범한 나는 절대 될 수 없어.' 하는 생각으로 책을 읽어 내려갔다. 그렇게 살아가다가 문득 의문이 내 머릿속에 들어와 떠나지 않았다. '꿈을 이루는 게 왜 꼭 굴곡 있는 삶일까? 결혼해서 아이를 제대로 양육하며 남편 내조 잘하면서 꿈을 키워 가면 되지 않을까? 일보다 가정을 더 중요하게 생각하는 성공한 사람들이 많은데 엄마는 그런 사람들이 당신 주위에 없었고, 만나보지 못하셨기에 평범한 삶을 지향하시는 게 아닐까?' 이런 생각으로 조금씩 평범함에 대해서 의구심이 들기 시작했다.

그래서 제일 먼저 나와 평생을 함께할 남편에게 나의 고민을 털어놓기 시작했다. 나의 고민을 다 듣고 심각하게 고민하던 그의 대답은 의외로 간단했다. "네가 꿈꾸는 생각만으로도 가슴 설레고 즐겁고 행복하다면 나는 너의 꿈을 응원할게. 멋진 꿈을 꿔봐." 물론 그때 지금처럼 될 거라는 생각조차 못 했겠지만 나는 지금도 그의 멋진 대답이 나를 여기까지 이끌어주었다고 생각한다. 내 인생이 변하기 시작된 것은 정확히 그때부터이다.

남편의 응원을 받고 얼마 후, 아이의 방문 수학 선생님 수업이 끝나고 브리핑하는 시간에 우연히 선생님의 고민이 영어라는 사실을 알게 되었다. "특히 영어 발음을 교정하고 싶은데 시간도 비용도 많이 들어 몇 년째 하고만 싶다."라는 이야기를 듣고 내가 선생님을 도와주고 싶다는 생각이 들었다. "선생님, 제가 부족한 실력이지만 선생님의 영어 발음 교정해주고 싶어요. 언제 시간 내주셔서 우리 집으로 오세요. 저도 성인이 된 후에 영어 발음을 교정한 케이스라 선생님 발음도 무조건 잘 교정될 거예요." 그리고 함께 영어 발음을 교정하면서 내가 아는 한 모든 것을 전부 알려드렸다. 무언가 대가를 바라고 시작한 일이 아닌, 정말 선생님의 고민을 덜어주는 데 목적이 있었다.

그 선생님의 발음이 교정되어감을 서로 느끼기 시작할 때 선생님께서 정말 진지하게 말했다. "선생님 이렇게 좋은 재능이 있으시면서 왜 남들에게 알려주지 않으세요? 이렇게 집에만 계시기에는 너무 아까워요. 저도 발음 교정 수업을 받으면서 '설마 가능하기는 할까?'라는 생각을 했는데 제가 외국인 선생님들의 발음을 듣고 어디 지역 출신인지 추측할 수 있게 되었으니 성인이 되어서도 영어 발음 교정된다는 선생님 말씀에 확신이 들어서요. 저와 같은 사람들을 위해서라도 일 좀 해보세요." 선생님의 말씀이 계속 귓가에 맴돌고 있을 때 우연히 집 근처 도서관에서 재능 기부에 관한 이야기를 듣게 되었고 유치원 아이들에게 영어 그림책을 읽어주는 스토리텔링 재능 기부를 시작했다. 재능 기부를 하면서 소문에 소문을 듣고 영어 수업 연락을 받게 되어 지금까지 아이들에게 영어의 즐거움을 느끼게 해주는 놀이영어 강사로 일하고 있다.

덕분에 지금은 평범한 가정주부가 아닌 아이들에게 재미있고 인기 많은 영어 선생님이 되었다. 교육 사업에도 몸담고 있어 내 아이에게도 엄마이자 훌륭한 영어 선생님이 되어 주고 있으며, 남편에게는 사회생활에서 피곤함을 느낄 때 아주 작은 힘이라도 되어주고 있다.

꿈을 가지기 전, 행복이라는 단어를 생각하면 제일 먼저 떠오르는 생각이 '돈'이었다. 갖고 싶은 것을 다 가지면 무조건 행복해지고 인생이 달라진다고 생각했다. 하지만 돈이 인생의 목적이 되어서는 진정으로 행복한 사람이 될 수 없다. 돈으로 살 수 없는 것, 그것은 바로 가족 간의 사랑이다. 그렇다면 가족의 행복, 남편과 아이를 최우선으로 생각하고 내조 잘하며 양육에만 몰두하면서 살면 어떨까? '그러면 내가 죽음의 강을 건널 때 과연 내 인생이 행복한 인생이었노라고 나 스스로 생각할 수 있을까?'라는 의문이 들었다.

가정주부의 삶이나 가족의 생계를 위해 열심히 일하는 삶은 행복한 삶이 아니라고 말하는 것이 아니다. 직업이 하나만 있기에는 당신의 재능이 너무나 아깝기 때문이다. 당신의 재능과 꿈이 만났을 때 이 세상을 밝게 비춰줄 고귀한 삶이 될 수 있다. 이제 마음속에만 가둬두었던 당신의 꿈을 만나보자.

내가 영순위에 있을 때, 나도 꿈이 생겼을 때 그리고 그 꿈을 위해 계획하고 노력하고 실행해나갈 때 나는 진정한 행복을 느낄 수 있었다. 더욱이 나에게는 내 꿈을 지지해주는 남편이 있다. 나는 내 삶의 모든 일과 내 생각까지 남편과 공유하고 있다. 결혼하기 전 남편은 개발 부서에서 근무했고, 나는 해외영업 부서에서 근무했다. 서로 해외 출장이 자주 있었음을 알고 있었으므로 결혼 후에도 과연 괜찮을지에 대해서 서로 의논했다. 남편은 일하는 아내가 좋다고 했으며 해외 출장도 일이기 때문에 이해한다고 했었다. 아이가 생기기 전까지는 그랬다. 하지만 아이가 생기고 나서는 남편의 생각이 달라질 수밖에 없었다. 부모님께 아이를 맡길 수 있는 형편이 안됐고, 아이와 남편을 두고 해외 출장을 갈 수도 없었고, 남편의 퇴근 시간이 늦어 아이를 돌볼 수 없었다.

그렇게 남편 혼자 외벌이가 시작되었다. 둘이 벌다가 혼자 버는 수입으로 생활비를 쓰려니 부족했지만 절약하고 아끼며 잘 살아가고 있었다. 어느 날 남편이 어두운 표정으로 집에 들어왔다. '회사는 다니고 있지만, 만약 회사가 어려워진다면 어떻게 식구들의 생계를 책임져야 하나.'라는 생각이 들어 어깨가 무거워져 기분이 우울했었다고 했다. 나는 그때 남편의 고민과 이야기를 들어주는 일밖에 해줄 수 있는 것이 없었다. 그때 당시 나는 나의 꿈이 없었기 때문에 힘내라는 말밖에 할 수 없었다. 그냥 남편의 이야기를 묵묵히 들어주고 좋은 책을 추천해주는 것이 내가 남편을 위로할 수 있는 전부였다.

몇 년 동안 많은 책을 읽고 나의 꿈을 생각해보고 적어보면서 꿈을 향해 한 발자국 걸을 수 있겠다고 생각했을 때 남편에게 나의 꿈에 관해 이야기하고 남편의 생각을 들어보면서 꿈을 선명하게 만들어보기로 했다. 남편은 내가 꿈을 이야기했을 때부터 돈을 떠나서 자신에게 큰 힘이 되어주고 있다고 한다. 지금도 나의 꿈을 위해 한 걸음씩 나아갈 때마다 나는 남편의 도움이 얼마나 많이 필요한지 이야기하며, 일을 성취했을 때 보상도 남편과 아이와 함께 나누고 있다. 일하는 엄마 때문에 피곤할 때도 있지만 힘든 일을 함께하며 성취감을 함께 나눌 때 진정한 가족애를 느낄 수 있다. 하나보다 둘이 낫기에 남편과 나는 서로의 꿈을 공유한다. 서로 좋은 아이디어가 생기면 함께 이야기를 나누고 문제가 생겨도 함께 고민한다. 이렇게 서로의 꿈을 공유하며 문제 해결의 실마리를 함께 찾다가 보면 나의 꿈이 우리의 꿈이 되어 돈으로 살 수 없는 행복을 느낄 수 있다.

지금, 꿈과 성공을 만나는 시간

배우자는 인생의 동반자이자 든든한 지원군으로서 험한 세상을 살아가는 데 큰 도움이 된다. 꿈을 가졌을 뿐인데 그것은 내 인생 그리고 내 주변 사람들의 인생까지도 변하게 해주었다.

매일 감사하는 사람이 성공하는 이유

"뭔가를 끝내고 싶다면 바쁜 사람에게 부탁하라."
– 벤저민 프랭클린

짱젠펑의 『세계 유명인의 인생을 바꾸어놓은 결정적인 말 한마디』에서는 다음과 같은 이야기가 나온다. "미국 맨해튼에 사는 한 가장이 죽었다. 아들은 아버지의 생명보험으로 1만 달러라는 뜻밖의 재산을 얻게 되었다. 어머니는 이 유산으로 빈민가를 벗어나 정원이 있는 큰 집으로 이사 가기를 원했다. 학업 성적이 우수했던 딸은 이 유산으로 의과 대학에 진학하여 의사가 되고자 하는 꿈을 실현하고 싶었다. 그러나 아들이 거절하기 어려운 요구를 해 왔다. 친구와 함께 사업하기로 했으니 유산을 달라는 것이었다. 그는 이 유산이 자신에게 성공과 명예를 가져다줄 것이며 그로 인해 가족들의 생활도 나아질 것이라고 말했다. 또 이 유산을 자신에게 준다면 가족들이 오랫동안 겪어온 고생은 반드시 보상하겠다고 약속했다. 어머니는 안심이 되지 않았지만, 유산을 모두 아들에게 주었다. 아들에게 기회를 주어야겠다고 생각했기 때문이다.

결과는 참담했다. 아들의 친구가 돈을 가지고 도망쳐버렸다. 아들은 억울하고 분했지만 별다른 대책도 없었다. 하는 수 없이

　　　　　　　　　지금, 꿈과 성공을 만나는 시간

가족들에게 사실을 알렸고, 이들의 꿈은 물거품이 되었다. 이 불행한 소식을 들은 딸은 매우 분노했다. 그녀는 오빠가 가족들에게 씻을 수 없는 죄를 지은 것으로 생각했다. 의대에 진학하려 했던 그녀의 꿈과 가족들의 꿈이 모두 산산이 조각난 것이나 다름없었다. 그녀는 온갖 방법을 동원하여 오빠를 비방하고 원망했다. 딸이 지쳐갈 무렵, 그동안 단 한마디도 하지 않았던 어머니가 입을 열었다. "오빠를 사랑해라." 딸이 화를 내며 말했다. "오빠를 사랑하라고요? 오빠에게는 사랑받을 만한 가치가 없어요." 어머니는 담담한 표정으로 딸을 바라보았다. "사랑받을 만한 가치가 있을 거야. 사랑할 줄 모르는 사람은 그 무엇도 할 수 없단다." 어머니의 말에 딸은 더 이상 말이 없었다. 어머니는 숨을 한 번 내쉬고는 계속해서 말씀하셨다. "너는 오빠를 위해 눈물을 흘려본 적이 있니? 우리 가족이 잃은 그 돈을 위해서가 아니라 모진 경험을 하게 된 네 오빠를 위해서 말이다."

어머니의 말씀을 들으면서 그동안 어머니를 세상 물정 모르는 평범한 주부로만 생각해온 딸은 조금 놀랐다. "너는 사람을 사랑해 주어야 할 때가 언제라고 생각하니? 설마 모든 일을 잘해 내서 너에게 편안함을 주었을 때라고 말하지는 않겠지?" 어머니는 딸의 눈을 바라보며 단호한 어조로 말을 이어갔다. "만일 그렇다면 너는 사랑하는 법을 모른다. 그런 사랑은 진정한 사랑이 아니다." "알았어요. 엄마." 딸의 얼굴은 이미 눈물로 젖어 있었다. "진정한 사랑은 상대방이 어려움 속에서 허덕이거나 의기소침해 있을 때 보여주는 거죠?" "애야, 이런 경험을 통해 너는 삶에 대한 태도를 바꿀 수 있는 거란다. 지금이라도 깨달았으니 이제 넌 어른이 된 것이나 다름없다. 난 이제야 안심이 되는구나."

이야기를 마치고 어머니는 두 팔을 벌려 딸을 품에 안았다. 한쪽에서 눈물을 흘리며 두 사람의 대화를 듣고 있던 아들도 다가왔다. 세 사람은 서로를 꼭 안아주며 하나가 되었다. "오빠, 날 용서해. 어머니 말씀이 맞아. 이럴 때일수록 힘든 오빠를 더 사랑해야 하는 건데." 아들은 눈물만 흘릴 뿐 아무 말도 할 수 없었다. "됐다. 사나이는 눈물을 흘려서는 안 된다." 아들은 어머니의 말씀을 깊이 새겼다.

5년 후 그는 맨해튼에서 손꼽는 부자가 되었다. 10년 후에는 미국 전역에서 유명한 가전용품 판매상이 되었다. 클린턴 대통령 재임 시절, 그는 대통령이 직접 수여하는 〈미국을 대표하는 10대 인물상〉을 받았다. 또 하버드대학의 초청을 받아 강연하기도 했다.

그가 학생들에게 들려주는 이야기의 주제는 늘 같았는데, 바로 '인간을 사랑할 줄 알아야 한다.'로 그의 어머니 이야기였다. 그의 이름은 핸들린(Handline)이다. 여동생 니나(Nina)는 이미 의사가 되고자 하는 꿈을 이루었고 이들 가족은 할렘가를 떠나 부자 마을에서 여유로운 삶을 누리고 있다."

이 글을 읽는 내내 엄마가 생각났으며 계속 흘러내리는 눈물을 닦았다. 예전 우리 집도 너무도 비슷한 일화를 가지고 있기에 더욱 가슴에 와닿았다. 어렸을 때 나의 아버지는 일찍 돌아가셨다. 그 후로 키 작고 몸도 허약한 어머니가 식구도 많은 우리 집의 가장이 되었다. 어려운 환경에서도 근면 성실이라는 단어가 어떤 의미를 지니고 있는지 정확하게 우리 형제들에게 알려주실 만큼 성실하게 열심히 일하시고 받으신 월급은 적은 돈이라도 저축하고 절약하시면서 우리를 키우셨다.

어느 날 엄마는 환한 미소로 우리에게 이렇게 말씀하셨다. "여태 힘들게 모은 돈을 찾아서 이제 땅도 사고 우리 집을 지을 거야." 그때는 좋은 소식을 말씀하시면서 환하게 웃으시면서도 눈물을 흘리는 엄마의 기분을 이해할 수 없을 만큼 나는 어렸다. 그렇게 해서 우리는 부족한 건 많았어도 아담하고 예쁜 우리 집에서, 행복이 넘치는 가정환경 속에서 끈끈한 가족애를 갖고 즐거운 어린 시절을 보낼 수 있었다.

내가 중학생이 되었을 때 사회 초년생이었던 언니는 엄마에게 솔깃한 제안을 해왔다. 언니가 다니고 있는 회사의 월급이 너무 적어서 이런 식으로는 부자가 될 수 없다며, 사업을 시작하면 큰돈을 벌 수 있다고 말했다. 이런 시골에는 땅값이나 집값이 오르지 않으니 바로 땅하고 집을 팔아서 더 좋은 집에서 살자며 엄마를 계속 설득했다. 엄마는 많은 고민 끝에 언니 말대로 땅과 집을 판 돈으로 사업 자금을 만들어주었다. 그리고 처음 몇 년은 사업이 잘되어 행복했다. 언니의 사업은 승승장구했고, 태어나서 현금을 그렇게 많이 구경해본 적은 처음이었을 만큼 집안에 돈도 많았다.

그러던 어느 날 영화에서나 나올 법한 장면이 우리 집에 찾아왔다. 언니의 사업이 망했다. 그냥 망한 것이 아니라 쫄딱 망했다. 우리 가족은 하루아침에 거지가 되었다. 집, 차, 땅, 금 등 돈이 될 만한 모든 것을 빼앗겼다. 절망의 나날이 이어졌다. 언니와는 연락이 안 됐고 학업도 중단되었으며 당장 한 끼를 때울 라면조차 사기 어려울 만큼 수중에 돈 한 푼이 없었다. 다시 그때로 되돌아가기 싫을 만큼 절망적인 시간이 끝날 것 같지 않았다.

평범했던 가정주부, 꿈을 만나다 **53**

엄마는 언니를 찾아다니며 스트레스까지 받아 쓰러지셔서 건강까지 더욱 악화되었다. 아르바이트 중이던 나는 갑자기 엄마가 쓰러지셨다는 연락을 받고 급하게 대학병원 응급실로 뛰어갔다. 엄마의 건강 상태는 매우 심각했다. 모든 것이 스트레스에서 비롯되었다는 의사의 말에 나는 병원 밖으로 뛰쳐나가 응급실 밖에서 막 울었다. 누가 보든 말든 수군대든 말든 그냥 서서 소리 내어 엉엉 울었다. 울고 난 뒤 병원으로 다시 들어가서 엄마가 누워있는 침대 옆에 앉았다. 엄마는 내 얼굴을 보자마자 "미안해."라고 말씀하시며 다시 눈물을 흘리셨다. "괜찮아. 다 잘될 거야."라는 말과 함께 나도 다시 눈물을 흘렸다.

그로부터 며칠이 지난 어느 날 집에서 엄마와 저녁을 먹으려고 준비하고 있는데 갑자기 우리 집안을 이렇게 만든 언니가 너무나 원망스러웠다. "엄마! 나 정말 언니가 너무 원망스러워. 우리가 무슨 죄를 지었다고 엄마와 우리 형제들에게 이렇게까지 할 수 있어? 난 정말 언니가 싫어." 나의 말에 엄마는 "엄마가 미안해. 엄마가 잘못했어." 난 더욱 화가 났다. "엄마가 무슨 잘못을 했어. 언니가 잘못했는데 왜 엄마가 미안하고 해? 언니 때문에 엄마 건강까지 더 나빠졌잖아. 엄마는 언니가 밉지도 않아?"라는 내 물음에 엄마는 내 손을 꼭 잡으면서 말씀하셨다. "언니가 왜 우리 식구들을 만나러 오지 못하겠니? 가족들에게 미안한 마음 때문에 연락도 못 하고, 오지도 못하는 거야. 지금 제일 힘든 사람은 바로 너의 언니일 거야. 엄마는 언니를 만나면 엄마는 괜찮다고, 넌 내가 아직도 많이 믿는 사랑하는 딸이라고, 힘내라는 이야기를 해주려는 거야. 그리고 엄마는 널 잘 알아. 지금은 네가 언니를 이해하고 사랑하기에 시간이 필요하겠지만,

지금, 꿈과 성공을 만나는 시간

넌 누구보다 힘든 삶을 살고 있을 언니를 사랑한다고 말할 수 있는, 그리고 사람을 사랑할 줄 아는 아이라는 걸." 엄마의 말에 나는 더 이상 아무 말도 할 수 없었다.

그로부터 오랜 시간이 흐르고 난 뒤 나는 정말 엄마 말처럼 언니에게 사랑한다고 말했고 엄마는 그런 나와 언니를 보며 행복해하셨다. 또한, 우리 집은 힘들었던 시간을 함께 보내면서 예전보다 더 화목해졌으며 사랑이 넘치는 대가족이 되어 서로 힘들 때 의지하면서 살아가고 있다. 끝날 것 같지 않았던 어두운 터널을 지나온 우리 가족은 가족애가 전보다 더욱 깊어졌다.

얼마 전, 엄마는 어렸을 때 한동네에서 살았던 어느 아주머니를 만난 이야기를 가족들이 모인 자리에서 들려주셨다. 그 아주머니는 30여 년 전 엄마에게 식구가 많아서 미련하고 가난한 엄마의 삶이 불쌍하다고, 아이들 모두 고아원에 데려다주고 나이가 젊은 엄마는 좋은 남자 만나 새출발하라고 조언했다고 한다.

그러셨던 그분이 엄마의 손을 잡고 물어보셨다고 한다.

"어떻게 자식들을 잘 키울 수 있었어요? 집이 쫄딱 망한 거, 우리 동네 사람들에게 소문 다 퍼지고 쑥덕거리며 집이며 땅을 팔 때부터 알아봤다며, 딸이 사업한다고 해서 어떻게 그런 어리석은 결정을 할 수 있냐며 얼마나 흉을 봤었는지 몰라요. 그런데 지금은 사람들이 모여서 망한 집이 어떻게 자식들도 잘 키우고 다시 성공할 수 있는지, 그 집은 무슨 비결이 있는지 궁금하다며 나에게 만나면 꼭 물어봐달라고 했어요. 그 비결이 뭔가요?" 엄마는 아주머니에게 빙그레 웃으며 말씀하셨다고 한다.

"아이들 스스로 열심히 살고 있지요. 저는 기도만 했어요. 그리고 지금 생각해보니 '감사'가 비결이었던 것 같아요. 하나님께 매일 감사했어요. 잘될 때는 감사가 절로 나오는데 집이 망하고 나니 감사보다는 원망이 더 많았어요. 교회 가서 회개하고 아이들을 위해서 기도할 때도 하나님께 늘 감사하는 마음을 갖게 해 달라고 기도했어요. 매일 감사해보세요. 삶이 감사할 일로 가득하게 됩니다."

불평하는 사람은 늘 불평거리로만 채워지게 되고, 감사하는 사람은 늘 감사할 것들로만 채워지게 될 것이다. 찬란하게 눈부실 당신의 인생을 기적으로 바꿔줄 감사하는 마음의 3가지 원칙만 기억하자.

첫째, 늘 감사하라.
둘째, 다른 사람에게 감사의 마음을 전해라.
셋째, 스스로 감사하라.

이 3가지 감사 원칙을 지킨다면 그 감사가 당신에게 기적 같은 삶을 살게 해줄 마법의 단어임을 알게 될 것이다.

제 2장

좋아하는 일이
꿈이 되는 순간

인내하라, 변명은 성공의 적이다

"성공하는 사람들이 똑똑해지려고 하기보다 더 어리석게 되지 않으려고 노력한다는 것을 알면 깜짝 놀랄 것이다."

– 찰리 멍거

예전 나는 회사 다니면서 점심시간이나 퇴근 시간을 활용해 틈틈이 온라인 주식시장에 많은 시간을 할애했다. 내가 주식을 처음 알게 되었을 때 나는 고등학생이었다.

가끔 수업 끝나고 언니를 만나기로 했었는데 어느 날 약속 장소가 어떤 빌딩 4층의 증권회사였다. 언니와 나는 나이 차이가 크게 나서 내가 고등학교 다닐 때 언니는 직장인이었다. 언니 만나러 갔다가 주식시세판이라는 것을 처음 보게 되었다. 숫자만 가득 쓰여 있는 전광판에 숫자는 계속 바뀌었고 어르신들의 눈빛에서 슬픔과 기쁨을 동시에 느낄 수 있었다. 언니는 나에게 자기가 구매한 주식들을 하나하나 알려주면서 전광판에 보이는 숫자보다 조금이라도 오르면 언니한테 말해주는 것이 나의 임무이며, 내 임무를 성실히 수행하면 엄마 몰래 용돈을 주겠다고 말했다.

나는 증권회사에 있는 어떠한 어른들보다 열심히 뚫어지게 전광판을 쳐다보며 가격이 오르면 언니에게 달려가서 말해주었고,

언니는 매우 잘했다며 나에게 용돈을 주었다. 엄마가 어떻게 알게 되셨는지 언니는 동생 데리고 주식 하러 갔다고 엄마에게 혼났었고 고수익 언니 용돈 알바는 그렇게 끝나게 되었다.

지금 생각해보면 언니는 초단타 매매를 하면서 하루에 30만 원 정도 수익을 올린 것 같다. 언니는 주식하고는 투자성향이 맞지 않았는지 주식투자를 계속하지는 않았다. 하지만 주식을 해서 돈을 벌었던 언니가 멋져 보였던 나는 언니처럼 주식에 투자하며 돈을 벌고 싶었다.

어릴 때 그 기억이 나의 머릿속에 강하게 기억되었는지, 나도 직장 다니면서 온라인 주식매매를 하게 되었다. 다람쥐 쳇바퀴 돌듯 매일 반복되는 직장 생활에서 온라인 주식매매는 나에게 투잡이자 삶의 활력소였다. 내가 처음 운전을 배울 때 초보 운전자인 나는 아주 작은 사고도 내지 않았다. 하지만, 어느 정도 운전도 할 줄 알고 운전에 대한 자신감이 슬슬 차오르려고 할 때 처음 크게 차 사고가 났던 것을 기억한다. 반복되는 직장 생활에 회의감이 왔을 때 나는 주식매매 관련 책을 모두 읽고 주식 차트를 보면서 기술적 기법을 연구하고 새벽에 일어나 해외 뉴스를 읽으며 시뮬레이션 주식투자를 해봤는데 나 스스로 깜짝 놀랄 만큼 높은 수익률을 얻게 되었다. 시뮬레이션이지만 너무 안타까울 만큼 놀라운 수익률을 경험한 나는 직장 생활을 하면서 조금씩 저축한 돈을 주식에 투자하기 시작했다.

주식에 투자하면서 수익률에 자신감을 얻은 어느 날, 나는 직장 생활을 하면서 열심히 부은 적금을 비롯한 내가 가진 돈 대부분을 주식에 투자하겠다고 마음먹고 고민 끝에 회사를 그만두었다. 회사를 그만둔 첫 몇 달은 너무 행복했다. 출퇴근 시간마다 겪는 러시아워의 지옥철을 이용하지 않아도 되고 눈치 보이는 상사도 없었으며 내가 해야만 하던 많은 업무가 없다는 생각에 하루하루 행복하고 정말 편했다. 그렇게 내가 좋아하는 일이 직업이 되었다. 나름대로 전업투자자 타임 테이블을 만들고 낭비되는 시간이 없도록 애썼다. 처음 몇 달은 지금까지 회사에 다녔던 시간이 아까울 만큼 높은 수익률을 만끽하며 승승장구했다. 주식투자가 정말 재미있었다. 나의 적성과 맞는 듯했고, 신문과 뉴스가 나에게는 다 돈이 들어오는 이야기로 느껴졌다. 4~5시에 기상해서 미국에서 전하는 뉴스를 접하고 6시에 신문과 뉴스를 시청하고 공부하면서 오전 장을 준비했다. 장이 마감되면 그날 매매 일지를 작성하며 실수를 줄여나가고 온라인 카페에서 많은 고수에게 배웠다. 선배 투자자들에게 질문하고 배우면서, 그날 수익률 자랑도 해보며 자부심을 느꼈다.

미국과의 시차 때문에 늦은 밤 미국의 실시간 주식시장을 시청했고, 잠자리에 들기 전까지 주식투자 관련 도서를 읽었다. 지금 생각해보면 정신적으로나 체력적으로 정말 피곤할 만큼 열심히 주식을 파고들었다는 생각이 든다.

지금 누군가가 돈을 줄 테니 예전처럼 해보라고 하면 거절할 만큼 피곤하게 살았다. 누가 시키지 않아도 주식에 정말 열정적이었다. 지금 생각해보니 그때 당시 '나는 감정이 없는 주식매매 프로그램이다.'라고 생각하고 주식매매를 하니 일정하고 안정적인 수익률을 냈던 것 같다. 하지만 나도 사람이었기 때문에 프로그램처럼 생각하고 매매한다는 것이 정말 쉽지 않았다. '조금만 더 조금만 더' 하는 생각 때문에 가끔 높은 수익률이 있을 때도 있지만 대부분 손해 보는 경우가 더 많았기 때문에 스트레스를 많이 받았다.

후회하지 않을 만큼 주식을 파고들어 큰 손익과 손실을 함께 경험하면서 주식은 나와 맞지 않는 투자 방식이라는 생각이 들었다. 그러면서 그토록 열정적으로 매달렸던 주식을 그만하게 되었다. 더운 지방에서 잠깐씩 뿌려지는 열대성 소나기인 스콜처럼 나의 인생에서도 주식에 대한 열정은 강력하게 들이치는 소나기 같았다. 장대비를 작은 우산으로 버텨내기에 무리가 있듯, 주식에서 실패하고 난 후 나는 경제적으로 힘들어져 다시 직장 생활을 했다. 지금까지 실패했던 나의 주식투자 경험을 후회하거나 주식을 몰랐던 과거의 나로 돌아가고 싶지는 않다. 주식을 하면서 힘들었던 내 마음에 길잡이 역할을 해주었던 앙드레 코스톨라니의 명언은 지금도 내 마음속에 간직하고 있다.

"주식투자에서 두 번 실패해봐야 진정한 투자자가 된다."

나는 주식투자를 통해서 세계 경제의 흐름을 알게 되었고 기업의 가치를 볼 수 있는 안목을 갖추게 되었다. 지금도 열심히 배우고 있지만, 기술적 분석을 활용한 다양한 투자 기법을 익히고 차트를 보며 공부하다 보니 한 기업의 역사와 미래, 그리고 현재까지 나 스스로 판단할 수 있는 안목을 갖추게 되었다고 생각한다. 또한, 기업의 순자산 가치나 향후 수익성을 바탕으로 선정한 내재가치를 분석하고 투자하며 장기간 주식을 보유하는 가치투자자의 길을 걸을 수 있게 된 소중한 경험이었다.

나는 지금도 기업의 가치에 믿음을 둔 주식투자를 한다. 단, 현재 시세보다는 미래의 가치를 보려고 노력하며, 단기투자보다는 장기투자를 선호하며 내가 선택한 기업과 나 자신도 함께 성장하는 즐거움을 느끼고 있다. 직장 생활과 주식투자라는 두 마리 토끼를 모두 잡은 사람들은 주위에 많고 또한 돈을 잃은 사람도 수없이 많다. 분명 직장에 다니면서 월급을 아껴 모아 그것을 불리려고 주식시장에서 뛰어들 수 있다.

회식하다 보면 정말 주식에 관한 이야기가 많이 나오는 이유도 그 때문이다. 예전 회사 부장님이 젊음을 바친 회사에서 나오는 퇴직금으로 주식매매를 하는데 누군가 '~하더라.'라는 말에 주식에 투자했다가 망한 사연을 들을 때는 정말 안타까움을 이루 말할 수 없었다.

"위험은 자신이 무엇을 하고 있는지 모르는 데에 있다."라는 워런 버핏의 명언에서 알 수 있듯이 자신이 투자한 기업에 확실한 신념과 끊임없는 공부 그리고 철저한 모니터링을 하면서 자신이 힘들게 번 돈을 맡겨야 한다. 내가 인생을 책임져줄 사람이 아니면 나는 절대 주식투자에 관한 이야기를 하지 않는다.

어느 날 남편이 회사 사람들에게 들었다고 하면서 어느 종목을 꼭 사야 한다고 말했다. 남편이 추천한 종목을 분석한 결과나의 결론은 '위험하다.'였다. 하지만 결국 남편의 고집을 꺾지 못했고 그의 의견대로 소액이지만 그 종목의 주식을 샀다. 주식을 사면서 남편에게 말했다. "만약 주식이 떨어지면 나와 함께 주식을 공부하자."

남편은 자신 있었기에 알았다고 말했고 결국 그 주식은 폭락했다. 그리고 남편은 나와 함께 주식을 배우게 되었다. 회사에 다니는 남편은 사람들에게 잘못된 정보를 받는 일이 많을 거로 생각했다. 그때마다 남편을 설득할 자신이 없었기에, 또한 남편은 내가 책임져 줄 사람이기 때문에 내가 가진 주식에 대한 지식과 정보를 모두 공유했다. 나는 그렇게 주식투자를 하려는 기업에 관한 견해를 남편과 함께 나눌 수 있게 되었다.

지금도 우리는 국내 주식뿐만 아니라 해외 주식 배당주에서도 좋은 수익률을 내고 있다. 쓸모없는 배움은 없다. 실패를 통해서 많은 소중한 지식과 지혜, 경험을 얻을 수 있었으며, 더욱이 젊을 때 실패해봐서 그나마 다행이라고 생각한다. 아이도 없고 결혼도 하지 않아 심적인 부담이 적었던 전업투자자로서 열정적으로 배우고 실패한 나의 경험은 돈으로 살 수 없는 지혜이다.

좋아하는 일이 직업이 되고 나니 더 이상 즐겁게 일할 수 없게 되었다. 그 이후로 좋아하는 일을 직업 대신 큰 꿈을 이루는 과정으로 생각하며 하루하루 열심히 최선을 다해 살아야 성공한다는 지혜를 얻게 되었다.

두려움을 넘어서는 용기

"'좀 더 자자, 좀 더 졸자, 손을 모으고 좀 더 누워있 자' 하면, 네 빈궁이 강도같이 오며 네 궁핍이 군사같 이 이르리라."

– 잠언 6장 10-11

어릴 적 겨울 주말에 가족들과 스키장 리조트에 생전 처음 놀러 갔었을 때 일이다. 스키장 안에 들어서니 온 세상이 눈부신 하얀 겨울 왕국이 눈앞에 펼쳐졌다. 가족들과 사진을 찍고 즐겁게 시간을 보내고 있었을 때 나는 눈 위에서 멋지게 슬로프를 내려오고 있는 스노보더들을 보았다. 눈이 쌓인 하얀 설원 위에서 스노보드를 타고 부드럽게 미끄러지듯 내려오는 모습을 처음 본 나는 그날로 스노보드의 매력에 빠져버렸다. 풋 바인딩이 달린 스노보드를 무릎을 구부려 조정하면서 시원한 속도로 내려오는 모습을 보며 '와, 나도 타고 싶다. 다음에 나도 저 높고 멋진 가파른 정상에서 멋지게 타면서 내려오고 싶다!' 하고 결심하며 옆에 계시던 엄마에게 말했다. "엄마! 저기 위에서 내려오는 사람 좀 봐. 정말 대단하다. 저 사람은 안 무서운가 봐. 엄마! 나도 스노보드 배워서 저 사람처럼 멋지게 타볼까?" 열정 가득한 목소리로 묻는 나에게 엄마는 "어휴~ 보기만 해도 아찔하다. 저거 타다가 다치면 어쩌려고 그래. 엄마는 말리고 싶다."라고 대답

지금, 꿈과 성공을 만나는 시간

하셨다.

　그 후로 몇 년이 흐른 어느 겨울, 스노보드를 먼저 배운 친구가 동호회에서 만난 사람을 소개해주었다. 스노보드 선수 지망생이라는 그 분에게 나를 포함한 친구 4명은 열심히 스노보드를 배웠다. 처음 배운 스노보드는 정말 재밌었다. 제일 먼저 균형잡는 법부터 잘 넘어져서 부상의 위험을 줄이는 방법도 배웠다. 물론 많이 넘어져서 엉덩이와 손목 여기저기가 욱신욱신 아팠지만, 그 아픈 점을 잊게 할 만큼 정말 스노보드의 매력에 푹 빠져들었다. '낙엽'이라고 불리는 펜듈럼에서부터 'S자 라이딩'까지 스노보드 배우는 횟수가 점점 늘어날수록 나의 실력도 점점 향상되면서 한 해 겨울이 끝났다. 그다음 해 겨울에도 바로 시즌권을 구매해서 시간 나는 대로 정말 열심히 배웠다.

　나와 함께 배웠던 친구 중 한 명은 자주 넘어져서 아파서 포기했고, 한 명은 보드보다는 스키가 더 재미있을 거 같다며 변경했으며, 나머지 한 명은 중급 실력이면 충분하다며 모두 저마다 다른 이유로 나와 함께 배우다 멈추었다. 나는 스노보드를 탈 때마다 항상 최상급 슬로프에서 멋지게 내려오는 모습을 상상했다. 리프트 타고 슬로프를 올라갈 때마다 멋지게 내려오는 스노보더를 보며 나도 저렇게 멋진 자세로 타야겠다는 다짐을 하며 올라갔다. 슬로프 눈만 쓸고 내려오는 스노보더를 보면서 '아, 저렇게 하면 안 되는구나, 자세가 예쁘지 않구나!'라고 생각했고, 고쳐야 할 점을 떠올리며 멋지게 최상급에서 내려오는 나의 모습을 상상하며 즐거워했다.

　나의 목적은 변함없이 확고했고 항상 이미지트레이닝을 하면서 한 번을 타더라도 제대로 자세를 생각하며 스노보딩을 즐겼다. 힘들지만 포기하지 않았고, 두려움을 이겨내고 최상급에서 멋진 자세로 라이딩하겠다는 뚜렷한 목표를 세웠으며, 무엇보다 스노보드를 배워야겠다는 결심을 행동으로 옮겼다. 만약 내가 스노보드를 배우고 싶다는 생각만 하고 배움을 행동으로 옮기지 않았다면 나는 매년 겨울 이렇게 재미있는 스노보드를 탈 수 없었을 것이다. 모든 결과는 행동의 산물이다.

나는 배워야겠다고 생각하고 행동했기 때문에 눈 펑펑 내리는 겨울에 어느 리조트든 최상급 슬로프에서 맘껏 스노보드라는 스포츠를 즐기게 되었을 뿐만 아니라 배우고 싶어 하는 사람들에게 성심을 다해 스노보드를 알려줄 수 있게 되었다. 두려움을 이겨내니 나는 사람들에게 내가 배운 스노보드를 알려주면서 행복을 느끼고 있다. 만약 내가 두려움 때문에 배우지 못했다면 이런 행복 또한 느끼지 못했을 것이다.

나는 살면서 행동하기 전 두려움이 다가올 때 두려움을 없애려고 노력하지 않았다. 아니 그럴 필요조차 없었다. 지금도 새로운 일을 시작할 때면 두려움을 느낀다. 두려움이 드는 이유에 대해서 곰곰이 생각해보고 내린 나의 결론은 그 일에 대한 경험이 없을 때 두려움이라는 감정이 싹트기 시작한다는 것이다.

불안과 두려움이 느껴질 때 그 감정을 인식하고 절대 무서워하거나 움츠러들지 않는다. 행동을 실천하고 경험하며 목표를 다시 한번 확인하며 아이디어를 메모한다. 처음이 어렵지 두 번 세 번씩 훈련하면 점차 나 자신도 성장하고 있음을 느끼게 된다. 행동하면 두려움이 사라진다고 계속 생각하며 행동하라. 성공한 사람들과 그렇지 않은 사람들 사이에는 분명한 차이점이 있다. 바로, '목표 설정과 계획하고 행동하기'이다.

뚜렷하게 목표를 설정하고 그 목표를 향해 꼼꼼히 계획했다면 바로 행동을 해야 큰 결과를 얻을 수 있다. 아무것도 하지 않으면 아무런 일도 일어나지 않는다. 인간의 뇌는 두려움이나 의심 같은 부정적인 감정 반응이 보내오면 안전한 곳을 찾는다.

나 자신이 성공하기를 바란다면 피곤하더라도 불편하더라도 귀찮더라도 꼭 행동하길 바란다. 항상 새로운 일을 처음 시작할 때는 불편하다. 불편함을 싫어하는 사람은 성공의 대열에 낄 수 없다. 사고방식이 바뀌면 행동이 달라지고 행동이 달라지면 습관이 달라지고, 습관이 달라지면 운명이 새롭게 바뀐다고 한다. 행동하기 전 항상 기존의 사고방식이 두려움을 가지고 온다. '이렇게 행동한다고 뭐가 달라지기는 할까? 괜한 일 하는 건 아닐까? 이렇게 하면 다른 사람에게 욕먹는 건 아닐까? 귀찮다.' 등등 다양한 기존의 생각들이 행동을 방해한다.

두려움은 우리를 움츠러들게 할 뿐 아니라 행동하는 데도 큰 방해물이다. 두려움을 발로 뻥 차버리자. 두려움 때문에 행동하지 못하는 경우 차라리 그 두려움을 정면으로 바라보자. "프로는 불을 피우고, 아마추어는 옆에서 불을 쬔다."라는 말이 있다. 불을 피우면 연기가 난다. 눈에 매운 연기 때문에 주위 사람들로부터 왜 연기를 피웠냐는 핀잔을 듣게 될 때도 있다. 하지만 결국은 아마추어는 프로가 피운 불 옆으로 와서 그 불을 쬔다. 일반 사람들이 두려워하고 의심하고 주저하는 동안 성공한 사람들은 그 두려움과 의심을 이겨내고 행동을 실천한다.

행동은 두려움의 해독제임을 기억하자.

1956년, 흐루쇼프가 미국을 방문했을 때 일이다. 흐루쇼프는 "소련인들은 결코 자동차를 가지고 싶지 않을 것이다."라고 단번에 잘라 말했다고 한다. 값싸고 편리한 택시가 있는데 왜 자동차를 사겠냐는 것이었다. 흐루쇼프의 이러한 생각은 소련에 엄청난 자동차 부족 사태를 불러왔다. 자동차가 부족한 나머지 거대한 자동차 암시장이 생겨나기도 했다. 흐루쇼프는 자동차를 단순한 '탈 것'이라고만 생각했다.

자동차는 이동성과 자유, 낭만을 나타내는 '문화코드'임을 놓치고 말았다. 하루가 다르게 세상은 빠르게 바뀌고 있다. 나만 빼고 빨리 돌아가는 세상을 생각 없이 그냥 바라만 보고 아무런 행동도 하지 않는다면 잠시 쉬었다 다시 생각해보자.

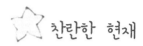 찬란한 현재

"우리에게 주어진 삶은 짧지만, 보람된 삶은 영원히 기억에 남는다."

– 키케로

세상은 공평하다. 성공한 사람들이 말하는 성공의 비법은 바로 '인과응보'이다. 우연히 찾아오는 성공은 없으며 예전에 미리 뿌려놓은 씨를 때가 되어 거두면서 현재 위치까지 오게 되었다고들 말한다.

과거에 내가 무언가를 선택했기 때문에 지금의 내가 있는 것이다. 현재는 과거에 내가 한 선택의 결과이다. 어떤 일이든 반드시 원인이 있고 원인이 없는 결과는 없다는 진리는 변함없다. 더 나은 삶, 더 나은 미래는 나의 현재 모습에 따라 바뀔 수 있다. 앞으로 성공할 나의 모습을 커다란 스케치북에 그려보라. 내가 원하는 꿈을 정리해보면서 천천히 선명한 그림을 그려나가자.

의심되는 부정적인 생각은 그림을 그리는 동안 아예 생각하지도 말자. 만약 조금이라도 부정적인 생각을 하게 된다면 약간의 의심이 커져 커다란 부정적인 사고로 이어지고, 나의 꿈 그림이 흐려지게 된다. 지금 우리는 인터넷이라는 편리한 도구로 수없이 많은 정보가 넘치는 시대를 살아가고 있다. 앞으로도 현대인은 점점 더 많은 정보에서 빠르고 쉽게 원하는 정보를 추려내기 위해 인터넷의 편리함에 의존할 수밖에 없지만 되도록 부정적인 소식보다는 낙관적인 기사를 많이 접하도록 노력해야 한다.

지금 바로 내 삶의 목표에 집중하고 몰두하여 이를 종이에 그려보자. 내가 만든 그림은 어떤 것들의 형태를 만들어 낼 수 있다. 지금 현재의 내 모습이 마음에 들지 않는다면 다른 꿈을 마음속에 그리며 행동해야 한다. 이제부터 더 나은 나의 미래를 위해 부정적인 생각과 후회만 하던 과거의 나는 잊고 완전히 다른 사람이 되어보자. 앞으로 내 꿈을 위해 평생 배우면서 살아간다는 마음가짐을 가져보자.

우리가 사는 삶은 장거리 마라톤과 같다. 내가 원하는 꿈을 그려놓았다면 이제 행동으로 실천해보자. 그림으로 그린 꿈을 위해서 조금씩 계획을 세우고 공부하고 하나씩 연구하며 집중해야 한다. 나는 나의 머릿속에 있는 어떠한 꿈이든 그것을 종이에 옮겨 그려보면서 시각화해보았다. 부정적 생각과 의심 없이 꿈에만 집중해보려고 했으나 쉽지는 않았다. 종이에 나의 꿈을 그리면서도 아주 작은 의심과 함께 '될까?' 하는 부정적인 생각이 들기도 했으나 무조건 좋은 생각만 하면서 실천해보았다. 내가 원하는 꿈을 좀 더 선명하게 그리면서 내가 원하는 꿈처럼 되기 위해서 현재 무엇을 더 배워야 하는지, 지금 해야 할 일이 무엇인지 알 수 있게 되어 조금씩 구체적으로 계획하며 행동할 수 있었다. 꿈을 위해 구체적인 행동을 실천하면서 실패했던 경험도 많이 있었다. 실패의 원인을 찾은 결과 가장 큰 장애물은 바로 내 안에 있는 '두려움'이었다.

지금, 꿈과 성공을 만나는 시간

그 후 의심이 커지거나 불안한 마음이 들 때면 나는 의식적으로 그 그림을 더 자주 보려고 노력한다. 또한, 실패를 통해 교훈을 얻고 다시 고쳐나가면서 나의 성공에 대한 의식도 성장해나갈 수 있었다. 가장 중요한 점은 앞으로 내가 되고 싶어 하는 그림이 있고 없고는 엄청난 차이가 있다는 사실이다. 물론 대략 앞으로 원하는 꿈을 그림으로 그렸다고 그 꿈이 쉽게 이루어지진 않는다. 하지만 매일 꿈을 위해 계획하고 노력하면 한 달, 일 년이 지난 어느 날 되돌아봤을 때 지금과는 전혀 다른 내가 되어있을 것이다. 더불어 당신의 자존감이나 자신감도 지금보다 훨씬 더 높아져 있을 것이다.

지금 바로 종이나 당신이 읽고 있는 이 책에라도 앞으로 당신의 모습을 그리고, 날짜를 적어라. 그리고 몇 년 후 그 그림이나 꿈을 적은 드림 보드를 다시 봐주길 바란다. 바로 지금 행동하느냐 안 하느냐에 따라 엄청난 차이가 생길 것이다.

원하는 것을 얻으려면 바로 지금 행동해야 한다. 내가 원하는 미래의 내 모습을 그린 그림만으로도 성공이 나에게 성큼 다가온다는 것을 기억하자. 노력 없이 나의 꿈이 갑자기 훅 다가올 수는 없다. 원하는 것은 행동에 따라서 나에게 온다. 시간이 없다. 지금 바로 앞으로 내가 되고 싶어 하는 모습을 그리고, 그 꿈을 위해 매일 조금씩 노력해보자.

당신이 그린 그림처럼 되어있는 당신은 이렇게 말할 것이다. "지금 내 모습은 정말 멋져." 지금 현재의 삶이 내가 뿌린 대가라는 사실을 기억하자.

하나님이 인간에게 준 가장 특별한 선물은 바로 '현재'라고 한다. '삶'이라는 지도에서 과거에 집착하고 있는 자신의 마음을 마주하고 이해하며 설득함으로써 '과거 집착'이라는 진흙 웅덩이에서 빠져나와 '현재 집중'이라는 길을 찾아 다시 나아가야 한다.

미래만 집착하는 사람은 모든 일을 부풀려서 이야기하기를 좋아하는 허풍쟁이가 될 수 있다. 그렇게 허황된 말이나 거짓 정보를 떠벌리기를 좋아하는 사람 주변에는 진실한 사람들이 모이지 않는다. '내가 복권만 당첨되기만 하면, 지금 누가 나에게 돈을 투자한다면 높은 수익률을 보장할 수 있는데.' 과거만 집착하는 사람은 '그때 했으면 좋았을 텐데 후회되네, 좋아하는 일 하나도 제대로 못 해본 나 자신이 원망스러워.' 하고 생각한다. 부정적인 사람에게는 부정적인 일들만 생기기 마련이다.

성공한 사람들의 성공 비결은 바로 '현재'에 있다고 한다. 앞으로 찬란하게 빛날 당신의 삶이 궁금하다면 지금 현재에 집중해보자.

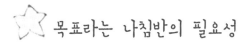

목표라는 나침반의 필요성

> "멈추지 말고 한 가지 목표에 매진하라. 그것이 성공의
> 비결이다."
>
> – 안나 파블로바

나는 자기계발서를 읽으면서 성공한 사람들에게 2가지 흥미로운 공통점이 있음을 발견했다. 그중 하나는 '목표 지향적'이라는 점이다.

PGA 골퍼 잭 니클라우스는 "꿈과 기대감을 조금씩 높여 가다 보면 원하는 목표에 도달하게 된다고 믿는다."라고 말했다. 돈과 시간을 들여서 열심히 스윙 연습에 땀을 흘리면서도 실력이 늘지 않는다고 말하는 골퍼들의 가장 큰 문제점은 목표 없는 연습을 반복하기 때문이다. 예전에 알고 지내던 프로골퍼한테 어떻게 해서 단기간에 실력이 향상되었는지 비법 좀 가르쳐달라고 물었다. "스윙하기 전에 목표를 다시 한번 생각하고 나서 스윙을 한다." 라는 그의 말에 허무하게 느껴져 다시 물었다. "그런 누구나 다 아는 모범 답안이나 시시한 대답 말고 진짜 도움이 될 만한 팁 좀 알려주세요." 그러자 "목표 없는 골프 연습은 아무리 오래 해도 전혀 늘지 않는다."라며 고쳐야 할 목표를 반복해서 연습하다 보면 본인도 놀라게 될 것이라며 말했다.

골프는 지정된 경기장에서 정지된 공을 골프채로 쳐서 홀에 넣는 경기이다. 골프공을 골프채로 치기 전 머릿속에 제대로 스윙하는 모습과 공이 목표한 지점까지 제대로 들어가는 장면을 상상하고 경기하는 것과 상상하지 않고 경기하는 것의 결과는 확연히 다르다. 공이 들어가야 할 홀을 정확하게 바라봐야 그 방향으로 칠 수 있을 것이다.

우리의 꿈을 이루기 위해서도 마찬가지이다. 원하는 꿈을 이루기 위해 우선 어떤 목표를 세워야 할지를 먼저 생각해보자. 꿈을 이루기 위해서 해야 할 일 5가지에 대해서 생각해보자.

1. 초단기, 단기, 중기, 장기 목표를 따로따로 생각하자.

단거리 경주와 장거리 경주는 전혀 다른 종목이기 때문에 다르게 접근하여 연습해야 한다. 초단기 목표를 위해 열심히 나아가다 보면 장기 목표도 하나씩 이뤄지는 모습을 발견할 것이다. 즉, 초단기 목표들이 모여 큰 장기 목표 완성이라는 결과물이 나오게 되는 것이다.

2. 나 자신을 믿고 긍정적인 생각으로 단기 목표를 위해 연습하라.

꿈이 있으면 생각이 바뀌고 행동이 바뀐다. 간혹 주위 사람들로부터 당신의 꿈에 대해 부정적인 이야기를 들을 수도 있다. 그런 상황에서 흔들리지 않을 수 있는 긍정의 근육을 단련해야 한다. 나 자신을 믿고 긍정적인 생각으로 무장하고 있으면 아무리 부정적인 말이 들려와도 마음을 컨트롤할 수 있는 힘이 길

러진다.

3. 단기 목표에 대한 행동 습관을 만든다.

사소한 행동 습관들이 모여 성공하는 생활 습관이 만들어진다. 초단기 목표 달성을 위해 시간을 내야 하는데 새벽 시간만 가능하다면 새벽형 인간이 되고, 책을 읽어야 한다면 독서 습관을 들이는 등 초단기 목표 달성을 위한 긍정적이고 효율적인 행동 습관을 만든다.

4. 단기 목표를 위한 현재에 집중하자.

과거에 잡혀있는 사람은 앞으로 나아갈 수 없다. 또한, 미래만 생각하는 사람은 현재에 집중할 수 없다. 지나간 일에 신경 쓰지 말고 아직 일어나지 않을 일에 대해 걱정하지 말자. 현재에만 집중하여 최선을 다하자. 현재 노력이 쌓이다 보면 어느새 멀게만 보이던 장거리 목표에 도달해 있는 자신을 보게 될 것이다.

5. 평정심을 유지하도록 마인드 컨트롤하자.

단거리 목표에 도달하지 못하거나 실패할 수도 있다. 어떠한 상황이어도 기분파가 되어서는 안 된다. 만약 단기 목표에 실패하였다면 실패를 분석하고 원인을 찾아 그 실수가 반복하지 않도록 해야 한다. 큰 그림은 한 번에 완성될 수 없다. 작은 부분을 조금씩 채워나가면서 큰 그림이 완성된다는 것을 기억하자. 초단기 목표에 도달할 때마다 원하는 꿈에 한 걸음씩 가까워지고 있음을 알게 될 것이다.

양지마을이라는 시골에서 자란 한 소녀가 있다. 서울에서 야간 고등학교를 졸업하고 힘들게 번 돈으로 일본과 파리에서 공부했다. 그녀는 나이 40에 10억이 넘는 빚을 졌다. 주변에서 빌린 돈으로 친구와 시작한 첫 사업이 실패로 끝나자 그녀는 2년 동안 우울증에 걸리고 후배와 마시는 커피값을 걱정할 만큼 힘겨운 나날을 보내기도 했다. 가진 것 하나도 없는 그녀였지만 무일푼으로 마흔이 넘은 나이에 다시 새롭게 시작한 사업이 이제는 연 매출 5천억이라는 세계적 기업이 되었다. 켈리델리 (KellyDeli)의 창업자이며 회장인 켈리 최의 이야기이다. 켈리델리는 불과 7년 만에 유럽 10개국에서 700여 개의 매장을 돌파했으며 지금도 그녀의 매장이 며칠에 한 개씩 만들어질 만큼 고속 성장을 이룬 글로벌 기업이 되었다.

나는 그녀가 이룬 성공 비결에 대해서 좀 더 배워야겠다고 생각했고, 그러면서 그 고속 성장의 비결을 찾을 수 있게 되었다. 그녀의 사업 준비 기간은 2년이었다. 2년 동안 그녀는 할 수 있는 모든 준비와 공부를 하였다. 그동안 마트 직원보다도 더 자주 여러 마트에 출근하며 시장조사를 철저하게 했고, 세계 최고가 되기 위한 목표를 세우고 행동했다. 사업에 도움이 될 만한 책들을 선정하여 읽고 초밥 장인이나 사업 경영을 배울 수 있는 사업가들을 직접 발로 뛰며 찾아다녔다. 그러한 준비 기간이 그녀의 성공 원동력이 되었다. 그녀가 목표를 세우지 않았다면, 그녀가 사업 아이템을 생각만 하고 발로 움직이지 않았다면 지금의 그녀는 없을 것이다. 이미 현재 시장이 레드오션이라서 할 수 없다고 주저하고 포기하는 사람이 있다면 나는 그녀의 이야기를 들려주고 싶다. 목표가 있어야 생각을 깨우고 비로소 발이 움직일 수 있다. 그녀는 장기 목표를 위해 단기 목표를 매번 최선을 다해 이루며 성공의 경험을 느꼈다.

북미 한적한 도시에서는 가을이면 옥수수밭에서 미로 찾기(Corn maze)를 하는 농장들을 흔하게 볼 수 있다. 가을에 열리는 대표적인 행사 중 하나로 옥수수밭에 주제별로 미로를 만들어놓은 곳이다. 가을에 풍부한 옥수수를 정신없이 먹다가 날씨가 점점 추워지는 겨울에 비로소 어디로 가야 할지 알지 못하고 얼어 죽은 새들도 많다고 한다. 20세기 초에 미국에서 가장 영향력 있는 복음 전도자이었던 윌리엄 애슐리 선데이(William Ashley Sunday), 빌리 선데이는 "인간은 재능이 부족해서가 아니라 목적이 없어서 실패한다"라고 말했다.

목적이 없으면 하루하루를 무의미한 삶으로 살아가지만 정확한 꿈을 향한 목표가 생기면 의미 있는 삶을 살아가는 사람으로 바뀔 것이다.

누군가는 꿈이 생기면 바로 회사부터 그만두라고 말한다. 생계를 책임지고 있는 가장에게 소중한 꿈이 생겼다고 꿈만 찾아 떠나게 되면 나머지 가족들은 어떻게 살지, 생계는 누가 책임질 수 있는지 천 번이고 만 번이고 진지하게 생각하고 결정해야 한다. 나 또한 꿈을 위해 바로 행동하라는 말의 의미는 작은 행동을 시작하라는 의미이다. 단기 목표를 만들고 그 많은 단기 목표를 하나씩 이루면서 큰 목표의 그림이 선명해지기 시작하면 그때가 큰 결정을 내릴 수 있는 타이밍이다.

망망대해에 돛단배와 여객선 중 어느 배가 더 안전하고 여유롭고 즐겁게 항해할 수 있는지 생각해보자. 단기 목표는 큰 배를 만드는 과정이라고 생각하자.

운명은 우연이 아닌 선택이다

"만약 사람들이 내 작품에 얼마나 많은 노력이 들어갔
는지 알게 된다면 천재성이라는 표현을 쓰지 않을 것
이다."

– 미켈란젤로

통계적으로 사람이 꿈을 가지고 노력하면 70%~80% 이룬다고
한다. 꿈은 나이에 상관없이 크게 가져야 한다. 그러면 더 많은
것을 이룰 수 있을 것이다. 그러니 늘 꿈을 꾸어라. 중학교 시절
담임 선생님으로부터 교무실에 불려간 적이 있었다. "지해야, 왜
너는 장래 희망이 없다고 썼니?"라고 묻는 선생님의 질문에 "꿈
이 없어요!"라며 당당하고 뻔뻔하게 말하는 나를 담임 선생님은
안타까운 눈길로 바라보시며 이렇게 말씀하셨다. "지해야, 꿈이
없다는 건 슬픈 거야, 그러니까 앞으로 위인전 위주의 책들을 읽
어보는 것이 어떨까?"

그 후로 나는 위인전을 즐겨 읽고 좋아하게는 되었으나 여전
히 꿈이 없는 채로 사회 초년생까지 보냈다. 스무 살 무렵 우리
집 경제 상황이 갑자기 어려워지자 나는 진로를 바꿔야 했고 강
남에 있는 회사에서 사회생활을 시작하게 되었다. 사회 나와서
직접 내 손으로 돈을 벌어보니 돈을 함부로 쓸 수 없었고 그냥
무조건 저축만 하며 어려운 우리 집 형편을 조금이라도 도와주

려고 애썼다.

어릴 때부터 친하게 지내던 죽마고우와 함께 기숙 생활을 하며 방을 함께 썼는데 그 친구도 혀를 찰 만큼 지독하게 돈을 아꼈다. 결국, 어렵게 모은 돈이 2천만 원이나 되었다. 유난히 날씨가 좋던 초여름 날 나는 은행에 가고 있었다. 회사에서 은행까지 가는 길의 나무며 꽃이며 그날따라 더욱 싱그럽고 화사했다. 따뜻한 햇볕에 나의 발걸음은 뿌듯하고 씩씩하고 행복했다. 적금을 꼬박꼬박 부어 만기까지 스스로 약속을 지켜온 나에게 기특해하며 발걸음을 옮기던 중에 불길한 핸드폰 벨 소리가 울렸다.

슬프게도 나의 불길한 예감을 틀리지 않았다. 친오빠가 당시 신용이 좋았던 내 이름으로 중형 세단 자동차를 구매했었는데, 할부를 갚지 못해 결국은 나에게까지 연락이 온 것이다. 그때 오빠의 첫째가 백일도 되지 않았을 때였는데 빚쟁이들에게 시달리고 있었고 채무자들로부터 고소까지 당한 상황이라며, 나에게 너무 힘들고 괴롭다며 조금의 돈이라도 있으면 제발 자동찻값 좀 갚아 달라는 전화였다. 한 번도 운전해보지도 타보지도 않은 찻값을 나에게 갚으라니 정말 어처구니가 없고 황당했다. 내 이름으로 자동차를 구매한 오빠가 밉고 야속했다. 하늘까지 높았던 나의 어깨는 다시 땅으로 떨어졌고 힘없는 발걸음으로 은행에 가서 만기가 된 적금을 찾았다. 퇴근 후 집에 가는 길에 친구에게 전화를 걸었다. 오늘이 적금 만기라는 것을 알고 있던 친구는 맛있는 저녁 사준다는 나의 전화에 퇴근 후 바로 약속 장소로 한걸음에 달려왔다. 저녁을 먹으면서 오늘 있었던 이야기를 친구에게 들려주었다. 화기애애하던 분위기는 다시 침울해졌다. 나의 고민을 친구에게 털어놓으면서 내 머릿속에 단 하나의 결론이 나왔다. 돈은 다시 모으면 된다. 이런 상황까지 만든 오빠가 야속하긴 하지만 오빠를 포함한 우리 가족들 모두 지금 너무 어려운 시기를 겪고 있고, 우리 형제들은 결국 이겨낼 거라는 확신이 들었다. 나는 일단 어떤 결정을 내리면 더는 다른 생각을 하지 않는 편이었다.

평소 소주를 잘 마시지 못하던 나는 친구에게 이제부터 세상에서 가장 비싼 소주를 한 잔씩 마실 거라고 소주를 잔에 따르며 말했다. "소주 한 잔이 2백만 원이야. 나는 이제부터 열 잔을 마실 거고 열심히 모았던 2천만 원을 캐피털 사람에게 모두 줄 거야." 소주 열 잔을 연거푸 마시고 비틀거리며 친구와 집에 갔다. 그렇게 나는 힘들게 모았던 2천만 원에 굿바이 인사를 했다. 평소 눈물이 없던 나였지만, 많이 마신 술에 취해 친구에게 의지하며 집까지 가는 길에 계속 눈물이 흘러내렸다.

그다음 날 나는 회사 근처에서 캐피털에서 돈을 받으러 온 사람을 만났다. 그 사람에게 돈을 다 주고 난 후 나는 영수증 뒤에 이렇게 썼다. "나는 2천만 원으로 꿈을 샀다." 그리고는 툭툭 털고 일어나 회사로 들어가서 다시 열심히 근무했다. 나는 더 이상 슬픔에 빠져있을 수 없었다. 지금보다 더 나은 계획을 세워야 했다. 하지만 그날 이후 나에게 달라진 점은 아무것도 없었다. 여전히 돈을 아꼈고, 예쁜 옷도, 화장품도 아껴야 했으며 친구들과 만남도 줄이면서 돈을 모았다. 그리고 영수증 뒤에 쓴 종이를 화장대에 붙여놓았다. 함께 방을 쓰던 친구가 출근 준비를 하던 중 글귀를 보면서 물었다. "그래서 너의 꿈이 뭔데?" 친구에게 이렇게 말했다. "세상에 선한 영향력을 펼칠 수 있는 부자가 될 거야!" 친구는 웃으면서 "그래라, 나도 부자 친구 한번 덕 좀 보게."라고 말하며 출근했다.

나에게도 꿈이 생겼다고 종이에 썼을 뿐이고 주변 사람들에게 말했을 뿐인데 내 생각과 행동이 변하기 시작했다. 제일 먼저 시작한 것은 독서였다. 그 당시 나는 광명에서 압구정역까지 지하철로 출퇴근하고 있었다. 오랜 시간 지하철을 타고 다니면서 내가 하던 일은 라디오 듣기, 잠자기, 지하철 무료 신문 보기 등이었다. 귀중한 자투리 시간을 그냥 자면서 낭비했다. 그 자투리 시간을 나는 좋은 책을 골라서 책을 읽는 데 집중했다. 좋은 책을 읽으면서 나는 간접적으로 행복을 느낄 수 있었다. 아직 나에게 성공의 경험은 없었지만, 최근에 있었던 적금 만기를 성공의 경험이라 생각하고 책을 읽으며 출퇴근하니 멀게만 느껴지던 회사가 책을 읽을 수 있는 시간을 허락해주어 고맙다고까지 느껴졌다. 그만큼 나는 그 시간을 즐길 수 있게 되었다.

세계적인 성공철학의 거장 나폴레온 힐은 『놓치고 싶지 않은 나의 꿈 나의 인생』에서 이처럼 말하고 있다. "모든 사람은 자신의 모습 그대로이다." 자신의 마음을 차지하고 있는 지배적인 사고 때문이다. 우리는 우리의 모습 그대로이다. 우리를 둘러싼 환경에서 비롯되는 자극에 따라 우리가 선택해서 머리에 집어넣는 생각 때문이다. 이처럼 사람의 생각이 얼마나 중요한지에 대해서 성공한 많은 이가 알고 있었다. 나만 빼고 말이다. 그 시작이 '꿈'이다. 꿈이 있는지, 없는지에 따라서 생각 자체가 달라지기 때문이다. 나는 학창 시절에 꿈이 있었다면 내 인생은 지금보다 훨씬 달라져 있으리라 생각한다. 그리고 지금에서야 중학교 담임 선생님이 하신 말씀의 의미를 찾을 수 있었다. 하지만 지금도 내 꿈을 찾고 행동하기에 늦지 않았다고 생각한다.

앞으로의 미래가 불투명해서 두렵다면 지금 바로 꿈을 생각해보자. 꿈은 앞으로의 나의 미래를 책임질 충분한 재산이기 때문이다. 물론 나도 꿈을 가지고 적고 말하기 시작했다고 해서 갑자기 그 꿈이 이루어지진 않았다. 하지만 꿈을 가졌다는 것만으로도 생각 자체가 변하고 삶이 윤택해지고 활기차게 되는 것을 느낄 수 있었다. 꿈을 만드는 것도 꿈을 만들지 않은 것도 당신의 선택이다. 만약, 지금이라도 당신의 꿈을 꺼내거나 만들기로 선택했다면 앞으로 당신의 찬란한 미래를 기대할 수 있다. 세상에 우연한 운명은 없다. 당신의 선택이 당신의 운명을 결정할 수 있는 중요한 선택이 될 수 있음을 기억하자.

꿈의 크기를 결정하는 마음가짐

"위대한 이들은 목적을 갖고, 그 외의 사람들은 소원을
갖는다."

– 워싱턴 어빙

아이가 캠핑을 좋아해서 우리 부부는 몇 년 전에 용인으로 캠핑을 갔었는데 그때 일이다. 늦은 밤 모닥불을 피워놓고 즐겁게 시간을 보내던 중 아이가 밤하늘의 별을 보면서 방금 별똥별이 떨어지는 것을 보았냐면서 자기는 방금 보았다고 흥분하며 즐거워했다. 나도 열심히 밤하늘을 보며 별똥별이 떨어지는 것을 기다렸지만 끝내 별똥별을 보지 못했다.

별을 보고 있던 아이에게 내가 물었다. "찬아, 네가 지금 보고 있는 별은 지금의 별이 아닌 과거의 별이야." 무슨 말인지 못 알아들은 아이는 "엄마! 내가 지금 이렇게 내 눈으로 보고 있는데! 왜 옛날 별이야?"라며 나의 말을 믿지 못하겠다는 눈빛으로 쳐다보았다. 옆에서 우리 대화 내용을 듣고 있던 아이 아빠가 아이에게 천천히 설명해주기 시작했다. "우리가 사는 지구는 지금 네가 보고 있는 별하고 수천, 수만 광년이나 멀리 떨어져 있어. 그러니까 저 별빛이 지구에 도착하기 전까지는 엄청난 오랜 시간이 걸리기 때문에 지금 네가 보고 있는 저 반짝이는 별이 어쩌면

지금은 우주에서 폭발해서 없어져 버렸을지도 몰라. 아니면 앞으로 네가 어른이 되어서도 저 별을 볼지도 몰라." 아이는 지금 보고 있는 별이 예전에 사라졌을지도 모른다고 생각하며 울먹이고 슬퍼했다. 슬퍼하는 아이 표정을 눈치챈 나는 말했다.

"찬아, 지금은 별이 없어졌다고 생각하니까 슬프니? 그런데, 슬퍼할 필요가 없어. 왜냐하면, 변화하는 과정 자체를 즐기면 되니까. 앞으로도 마찬가지야. 엄마가 살았던 세상은 정말 빠르게 변했던 시대였어. 앞으로 네가 사는 세상은 엄마가 살았던 세상보다 더 빠르게 변할 거야. 엄마는 네가 변화를 두려워하지 않았으면 좋겠어. 엄마는 변화가 두려웠어. 그래서 이사 가기를 두려워했고, 새로운 것을 배우기를 많이 주저했어. 어쨌든 그러다 보니 지금은 '그때 왜 못 배웠을까? 왜 과거에만 집착했을까?'라는 후회를 자주 했어. 그렇게 살다 보니 깨달은 게 있단다. '지금부터라도 변화에 순응하면서 현재에 최선을 다하자.'라는 생각이란다. 너도 커서 되고 싶어 하는 꿈을 다짐하고 밤하늘의 별을 보면서 다시 한번 떠올려 보는 건 어떨까? 엄마는 엄마처럼 말해주는 사람들이 주변에 없어서 매우 슬펐었거든." 내 말이 아이는 잔소리처럼 느껴졌던지 길게 하품을 했다. 남편만 동감하듯 고개를 끄덕이고 경청하며, 아이가 이해하기엔 아직 어려운 이야기라며 웃었다. 아이는 내 말의 절반도 알아듣지 못했을 것이다.

얼마 전 아이하고 밤길을 걷는데, 아이가 예전에 별을 보면서 자기한테 해준 말을 기억하냐고 나에게 물었다. 나는 당연히 기억한다고 하면서 그때 엄마가 하는 말을 듣는 너의 표정은 졸린 표정이었다고 말했다. 아이가 나에게 말했다. "엄마! 나는 엄마가 해주는 이야기는 다 기억하고 있어." 순간 "아, 그래."라고 말은

했지만 내심 기특하지 않을 수가 없었다. 아이가 앞으로 밤하늘의 별을 보면서 본인의 꿈을 생각하고, 스스로 결심한 다짐이 흔들리지 않도록 이 세상을 살아갈 생각을 하니까 말이다.

다른 사람이 나의 꿈을 대신 꾸어줄 수 없다. 사랑하는 가족도 깊은 우정을 나눈 친구도 내가 정말 원하고 되고 싶은 진정한 나의 꿈을 대신 꾸어줄 수 없다. 나의 꿈을 정하는 일은 오로지 나 스스로만 할 수 있는 일이다. 본인 스스로가 누구보다도 자신에 대해서 잘 알고 있으므로 꿈에 대해서도 솔직해질 수 있다. "너는 커서 의사가 되어야 해." 혹은 "내가 못 이룬 꿈을 네가 대신 이루어주길 바란다."라며 부모의 꿈을 자녀에게 강요한다면, 설령 사랑하는 아이가 그 꿈을 이루어주었다고 하더라도, 아이가 행복하게 살아간다고 말할 수 있을까? 본인 스스로가 잘하는 일은 무엇인지, 부족한 점은 무엇인지에 대해 고민하면서 배우고 사색하고 고뇌함으로써 진짜 본인이 원하는 꿈을 생각할 수 있다.

아이들은 특히 하루에도 몇 번씩 장래 희망이 바뀌기도 한다. 꿈이 계속 바뀐다는 것은 하고 싶은 일이 많다는 뜻이므로 칭찬해주고 장래 희망이 아예 없다면 신중하다고 칭찬해주면서 꿈을 찾을 수 있다고 격려해주자. 그러면 아이들도 꿈을 찾는 일이 즐거운 과정이라 생각할 것이다. 꿈을 찾는 일에 나이는 숫자에 불과하다.

나의 꿈을 위해 위대한 다짐을 할 수 있도록 종이에 적어보자.

첫째, 나 자신에게 묻자.

내가 무슨 일을 할 때 즐거워하는지, 자신 있게 할 수 있는 일은 무엇인지 생각해보자. 어떤 활동을 하면서 주위에서 많은 칭찬을 받았는지 천천히 생각해보며 종이에 적어보자.

둘째, 당장 시작하기.

내가 좋아하고 관심 있는 일들을 찾아서 알아보기 시작하자. 현재 내가 할 수 있는 활동부터 바로 시작해보자. 예를 들어 독서에 관심이 있다면 독서 모임에 가입하는 일부터 바로 시작해보자. "시작이 반이다."라는 말이 있다. 나 자신도 미처 발견하지 못했던 장점이나 재능을 발견할 수 있고, 경험을 통해서 지금보다 더 나은 내가 될 것이라 확신하며 바로 시작하자.

셋째, 경험하기.

나의 꿈과 관련 있는 모든 사람을 만나보자. 꼭 직접 만나야 하는 것은 아니다. 의지만 있다면 책으로도 만날 수 있고 강연, 방송이나 동영상 또는 이메일을 통해서도 만날 수 있다. 내가 관심 있는 일에서 현재 일하고 있는 사람들을 만나면서 간접경험을 체험해보자. 원하는 꿈을 위해서는 내가 다짐하고 찾아서 간접경험이든 직접경험이든 경험을 통해 배워야 한다.

나의 꿈은 복권처럼 갑자기 당첨되는 것이 아니다. 내 꿈을 위해서 지금 현재 할 수 있는 일에 최선을 다하며 항상 배움의 자세로 공부하고 경험하면서 한 발자국씩 꿈을 향해 다가가는 것이다. 그리고 그 기초가 되는 것이 바로 다짐이다. 내가 원하는

지금, 꿈과 성공을 만나는 시간

꿈을 선택했다면 꿈이 현실이 되도록 '내 꿈을 위한 위대한 다짐'이라고 써놓은 종이를 평소에 잘 보이는 곳에 붙여놓으면서 자주 눈으로 보자.

꿈, 사랑 그리고 행복

"세상에서 가장 좋고 가장 아름다운 것들은 보이지도,
들리지도 않는다. 가슴으로 느껴야만 한다."
– 헬렌 켈러

"지금부터 20년 후 당신은 자신이 했던 일보다도 하지 않았던
일로 인해 실망하게 될 것이다. 그러니 돛을 올리고 안전한 항구
를 떠나 항해하라. 무역풍을 타고 나아가라, 탐험하라, 꿈꿔라,
발견하라." 마크 트웨인의 말이다.

살면서 꿈을 포기하거나 품어보지 못하고 계속 주저한다면 미
래에 가서 후회하게 될 것이다. 오늘 당장 꿈을 이루기 위해 뭔
가를 바로 해보겠다는 조급함을 버리고 큰 삶의 그림을 그리고
삶의 완성작이라는 큰 목표를 향해서 여유를 갖고 조금씩 꿈에
관한 관심을 가지다 보면 자신도 모르게 꿈을 위해 조금씩 나아
가고 있는 자신을 보게 될 것이다.

회사에 취직해야 했던 20대의 나는 어떤 부서가 나에게 맞을
지 고민하다가 해외영업 부서에서 사회생활을 시작했다. 해외 출
장이 잦았던 나는 비행기를 많이 타고 다녔다. 비행기에 탑승하
고 이륙하면 비행기가 수평으로 자리를 잡는다. 그 무렵 항상 기
장은 본인과 도착지 및 도착 예정 시간 등을 소개하는 안내 방송

지금, 꿈과 성공을 만나는 시간

을 한다. 도착지 없는 비행기는 비행만 하다가 연료가 다 떨어져 추락할 것이다. 삶도 마찬가지가 아닐까? 목적이 없는 삶은 인생의 꿈이라는 목적지를 가보지 못한다. 인생이라는 하늘 상공에서 비행만 하다가 꿈이라는 목적과 열정이 없이 바닥으로 떨어질 수 있다. 그때부터 나는 비행기를 탈 때 내 삶의 방향, 꿈이라는 목적지로 잘 가고 있는지 생각했다. 꿈이 없었을 때 나는 내 인생의 책을 만났다. '의미'에서 문제 해결의 열쇠를 찾는 '로고테라피'를 창안한 빅터 프랭클(Viktor Emil Frankl)의 〈죽음의 수용소〉이다. 그는 제2차 세계대전 당시 유대인이라는 이유로 3년 동안 다카우와 다른 강제수용소가 있는 아우슈비츠에서 보냈다. 죽음의 수용소인 아우슈비츠에서 여자 형제를 제외한 모든 가족을 잃은 그에게 삶은 어떤 의미가 있었을까? 삶의 자유와 희망을 포기할 수밖에 없었던 아우슈비츠의 최악의 상황에서도 그는 꿈을 놓지 않았다. 그는 평소에 유럽 학생들과 미국 학생들에게 이렇게 타이르곤 했다고 한다. "성공을 목표로 삼지 말라. 성공을 목표로 삼고, 그것을 표적으로 하면 할수록 그것에게서 더욱더 멀어질 뿐이다. 성공은 행복과 마찬가지로 찾을 수 있는 것이 아니라 찾아오는 것이다. 행복은 반드시 찾아오게 되어있으며, 성공도 마찬가지이다. 그것에 무관심함으로써 저절로 찾아오도록 해야 한다." 책을 읽기 전 당장이라도 죽을 수도 있는 상황에서, 자유라는 단어가 없어진 죽음의 수용소에서 그는 어떻게 꿈을 꾸게 되었고 삶의 이유를 찾을 수 있었는지 궁금했다. 그의 책을 읽으면서 니체의 말이 생각났다.

"살아야 할 이유를 아는 사람은 어떻게든 살아낸다." 빅터는 수용소에서 감시를 피해 몰래 원고를 작성하며 숨기다가 아우슈비츠에서 그 원고가 걸려 빼앗기고 만다. 그가 죽음의 수용소에서 살아야 할 이유는 바로 '빼앗긴 원고를 틈나는 대로 적어두어 연구 논문으로 완성해야겠다는 소명'이었다고 한다. 또한, 그는 삶의 이유와 이유를 찾으려고 노력하는 사람은 그 어떤 상황에서도 모든 것에 감사하는 마음을 갖는다고 이야기한다. 나 또한 성공을 위해서 꿈을 갖기보다는 더 나은 삶을 위해서 꿈을 가지려고 노력했다. 꿈을 이루기 위해 온갖 수단과 방법을 다 동원하기보다는 행복을 동반한 꿈을 꾸어왔다. 그는 자신의 책에서 이처럼 말했다. "나는 아주 사소한 배려에도 감사했다. 자기 전에 이 잡는 시간을 주는 것마저도 고마웠다. 비록 이 잡는 것 자체는 즐겁지 않았지만 말이다. 왜냐하면, 고드름이 매달릴 만큼 추운 막사에서 발가벗은 채로 서 있었어야 했기 때문이다."

그의 글을 읽고 난 후 나는 감사 일기를 쓰기 시작했다. 그는 그런 상황에서도 감사하는 마음을 잃지 않았는데 나는 왜 감사한 마음을 갖지 못했을까를 반성하며 조금씩 써 내려가기 시작했다.

감사한 마음이 들면서 나 혼자만의 성공과 행복에서 벗어나 주변과 전 세계 사람의 행복을 위한 것으로 꿈을 수정하고 있다.

"인생을 두 번째로 사는 것처럼 살아라. 그리고 지금 당신이 막 하려고 하는 행동이 첫 번째 인생에서 이미 그릇되게 했던 바로 그 행동이라고 생각하라."라는 빅터 프랭클의 말은 나의 꿈의 나침판이 되어주고 있다.

지금 당신의 꿈에 대한 생각과 행동에 따라 앞으로 당신 행복의 크기가 달라질 것이다.

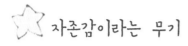# 자존감이라는 무기

"사람들은 달에 갈 생각만 하느라 자기 발밑에 핀 꽃
을 보지 못한다."

– 알베르트 슈바이처

나는 피부색과 이국적인 외모 때문에 가끔 동남아시아 사람이
라고 소개하면 많은 사람이 사실로 오해할 정도다. 그만큼 내 피
부는 구릿빛으로 까무잡잡한 편이다. 어릴 적부터 피부색 때문에
친구들로부터 놀림을 많이 받았던 나는 내 피부색이 정말 싫었
다. 우리 집에서 유난히 내 피부만 까무잡잡한데 엄마에게 이유
를 물어보면 "널 임신했었을 때 엄마가 커피를 너무 좋아해서 많
이 마셔서 그래."라며 웃으셨다. 엄마가 야속하기만 했다. 태어났
을 때부터 까무잡잡한 내 피부는 나의 콤플렉스였다.

하지만 지금은 내 피부색으로 오히려 강연할 때 많은 사람에
게 웃음을 주고 있다. 강의하거나 강연할 때 까무잡잡한 나의 피
부색에 대한 일화를 들려주면 금세 웃음바다가 되어 분위기가
더욱 화기애애해진다. 젊었을 때는 얼굴을 하얗게 만들기 위해
화이트닝 에센스를 비롯한 미백 화장품이나, 철저한 자외선 차단
및 천연 팩 등을 이용하며 다양하게 노력했었다. 이러한 노력에
도 불구하고 내 피부는 좀처럼 하얗게 되지 않았다. 어느 더운

여름날 은행에서 볼일을 보고 있는데 은행 창구에 있는 여직원 분이 나에게 말했다.

"어머, 고객님! 저도 요즘 태닝 열심히 하고 있는데, 고객님처럼 전체적으로 태닝이 안 되어 아주 속상한데 고객님은 전체적으로 참 잘 되셨네요. 몸매가 탄력 있고 밸런스가 잘 잡힌 것처럼 보여요. 저도 고객님처럼 태닝 하고 싶은데 고객님이 다니시는 선탠샵이 어디인지 물어봐도 되나요?" 순간 '나의 콤플렉스가 저 사람에게는 돈을 지불할 만큼 좋아 보였구나!'라는 생각을 하게 되었다.

나는 그 직원분에게 원래 피부가 까무잡잡하다며 지금 여름이라 더 까무잡잡한 피부가 되었다는 말을 하니, 부러운 눈빛으로 정말 내 피부가 부럽다고 이야기했다. 그 이후 나에게 까무잡잡한 피부는 더 이상 콤플렉스가 아니었다. 오히려 골드브라운 빛깔로 건강해 보이는 내 고른 구릿빛 피부에 자신감을 가지고 사랑하게 되었다.

사람들은 누군가가 자신을 있는 그대로 인정해주고 사랑해주길 바란다. 하지만 스스로 자신을 사랑하고 본인을 소중하게 생각하는 사람은 많지 않다. 나 스스로가 나를 사랑하지 않으면 다른 사람이 나에게 주는 사랑을 온전히 받아들이는 데 의구심이 들 수 있다. '저 사람은 나보다 내 돈을 좋아하는 것이다.' 혹은 '저 사람은 내 주변의 사람들, 내 인맥 때문에 나를 좋아하는 척하는 것이다.'라는 생각이 들면서 다른 사람들이 주는 사랑을 진실로 받아들이기 힘들다. 아이가 있는 부모라면 누구나 아이에게 어떤 좋은 음식을 줄지 끼니마다 고민한다.

나 또한 아이가 감기라도 걸렸을 때는 바로 병원을 찾아가 의사에게 진찰받고 처방받은 약을 시간을 잘 지켜 빼먹지 않고 끝까지 잘 먹을 수 있도록, 아이의 감기가 나을 수 있도록 최대한 신경 쓰며 도와준다. 하지만 가족들 없이 나만 혼자 밥을 먹을 때면 집에 있는 반찬으로 대충해서 먹거나 라면을 끓여 먹거나 이마저도 귀찮으면 그냥 한 끼 굶어버린다. 감기에 걸려 아프기라도 하면 많이 아플 때까지 집에서 참거나 병원 가서 약을 타도 시간에 맞춰 제때 약 먹는 일을 잊어버릴 때가 많았다. 또 약국에서 타온 약을 끝까지 먹지 못하고 쓰레기통에 버린 경우도 여러 번 있다. 스스로를 사랑하지 않는 사람들은 살면서 갑자기 감기처럼 찾아오는 시련이나 우울증이라는 반갑지 않은 손님에 큰 상처를 받고 힘들어한다.

그렇다면 어떻게 자신을 포용하고 나 스스로를 사랑하고 존중하는 사람이 될 수 있는지 3가지만 기억하자.

첫째, 자기감정을 이해하며 자기애를 북돋는 말하기!

예를 들면 '맞아, 지금 내가 힘든 건 사실이야. 하지만 과정 없는 결과는 없어. 나는 더 잘 될 거야.'라고 기쁘거나 슬픈 감정을 인정하고 자기감정을 이해하는 본인을 사랑해주자.

둘째, 감사 일기 쓰기!

주변에 감사할 일을 찾는 일은 너무나 많다. 예를 들어 '오늘 날씨가 정말 좋음을 감사합니다.'라며 사소한 일에도 감사하는 마음을 가지자.

셋째, 긍정적인 생각하기!

부정적인 생각이 들게 하는 사람들이 주변에 많다면 그 사람들과 조금씩 거리를 두는 것이 좋다. 관계를 끊을 수 없는 사람이라면 그 사람이 긍정적인 사람이 될 수 있도록 긍정적인 마음을 계속 심어주자. 그러려면 나부터 흔들려서는 안 된다. 끊임없이 긍정적인 생각과 이야기를 하면서 부정적인 영향을 끼치는 것을 사전에 방지한다. 긍정적인 사람의 목적은 부정적인 상황을 만들지 않는 것이다. 부정적인 상황을 애초부터 피해 긍정적인 에너지만 발산할 수 있는 사람이 되어보자.

진심으로 나 자신을 사랑하고 아껴주지 않으면 다른 사람의 진실한 사랑을 받아도 스스로 생각하기에 2% 부족한 사랑이라고 생각해버린다.

나를 있는 그대로 인정하고 내가 세상에 태어났음을 감사하자. 늘 긍정적인 마음으로 살아가는 사람들, 그들은 성공한 삶을 살아가고 있다.

지금, 꿈과 성공을 만나는 시간

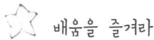

배움을 즐겨라

"현재와 과거가 다르길 바란다면 과거를 공부하라."
– 바뤼흐 스피노자

걱정과 근심은 항상 미래 지향적인 것의 방해물이다. 과거만 생각하는 사람은 마음도 몸도 앞으로 나아가기 두려워한다. 현재형 사람이 되는 방법은 단 한 가지뿐이다. '과거'에 고맙다는 인사와 함께 이별을 고해야 한다.

나의 이십 대는 절망과 후회와 상처로 가득했다. 좀 더 신중하지 못했던, 좀 더 잘하지 못했던 나 자신의 과거 선택에 대한 후회와 자책감은 나를 늘 뒷걸음질하게 했다. 과거에서 벗어나지도 못하고 힘든 시기를 겪고 있던 사회 초년생 시절, 주말에 친구와 약속을 한 장소로 가기 위해 지하철을 탔다. 그때 당시에는 스마트폰이 없어서 지하철을 타면 사람들은 주로 휴대폰으로 DMB를 보거나 잠깐 눈을 붙이거나 신문이나 책을 읽었다. 그날 나는 어려운 고전을 읽으며 약속 장소로 가고 있었다. 한참 지하철을 타고 가는데 옆자리에서 대화하는 내용이 책의 내용보다 더 재미있어서 나도 모르게 점점 그들의 대화를 경청하게 됐다.

그들의 대화 주제는 노숙자에 관한 이야기였다. 매주 서울역에서 급식 봉사를 하며 노숙자들의 이야기를 매주 듣게 되었는데 매번 과거에 관한 이야기만 한다는 점을 알게 되었다고 한다. "젊었을 때 내가 얼마나 잘 나갔냐면…", "옛날엔 내가 정치에도 출마하고…", "우리 부모님이 남겨주신 땅을 지금도 가지고 있었으면…" 이런 이야기를 많이 듣게 되었다면서 그 사람들 보면서 반성하는 시간을 갖게 되었다는 대화였다. 내가 읽고 읽던 책보다 더 흥미로웠다. 책을 덮고 눈을 감고 나도 과거를 회상하는 시간을 가졌는데 놀랍도록 똑같은 이야기를 들은 기억이 났다.

어릴 적 다녔던 교회 목사님에게 설교 시간에 들었던 내용이 떠올랐다. 목사님은 "사람은 죽을 때 걸, 걸, 걸 하면서 죽는다고 합니다. 좀 더 부지런할걸, 좀 더 공부할걸, 좀 더 좋은 사람을 만날걸, 좀 더 사랑할걸. … 죽기 전에 걸, 걸, 걸이라고 말하며 죽는 사람이 되지 않도록 지금 바로 현재 최선을 다해서 사랑하며 살아갑시다." 나는 이 설교를 비로소 성인이 되어서 이해할 수 있었다. 잠시 감았던 눈을 뜨고 읽고 있던 책에 메모를 시작했다. "나는 죽을 때 걸, 걸, 걸 하면서 죽지 않겠노라."라고 쓰고 책을 덮고는 그 책을 꼭 움켜잡았다. 과거를 공부하여 실수를 반복하지 않겠다고 다짐했다.

되돌릴 수 없는 과거에 더 이상 미련을 두지 않는 사람이 되겠다고 마음먹었지만, 막상 '과거의 후회'는 현재도 가끔 나타난다. 지금도 가끔 툭툭 튀어나올 때 좋은 방법 두 가지를 소개한다.

첫 번째 '명상'이다.

명상이라는 말을 거창하게 생각할 필요는 없다. '걸'이라는 과거의 후회 녀석이 찾아올 때 먼저 머릿속의 모든 생각을 멈추는

지금, 꿈과 성공을 만나는 시간

것부터 시작한다. 아무 생각도 하지 않는 상태가 되면 최대한 현재 하는 일에 집중하여 머릿속의 생각을 하나로 모은다. 사소한 일이라도 좋다. 독서를 하고 있었다면 책에 집중을, 요리하고 있었다면 요리에 집중하면 된다. 한 번 두 번 횟수가 늘어나면서 과거의 후회는 멀어지고 현재에 더욱 집중하는 자신을 발견할 수 있게 된다.

두 번째는 배움을 즐기는 사람이 되는 것이다.

과거를 바꿀 수는 없지만, 과거에서 배움을 얻을 수 있다. 배움을 얻고 나면 후회가 가득한 과거를 성장이라는 이름으로 보내줄 수 있다.

이처럼 과거를 통해 배움을 얻게 되면 현재의 배움에 소중함을 더욱 느끼게 된다. 또한, 현재 이 순간에 항상 집중하게 되면서 성취와 자신감을 덤으로 얻을 수 있다. 현재 배움을 즐기는 내 모습이 꿈을 이룬 미래의 내 모습이 된다. 그러므로 기억하자. 배움을 즐기는 사람은 반드시 성공한다.

존 고다드(John Goddard), 그는 오늘날 개인의 목표를 가장 극적으로 성취한 사람이라고 불린다. 평범한 소년이던 존 고다드 인생의 변곡점은 열다섯 살 때 들은 할머니와 숙모의 대화 내용에 있었다고 한다. 그들은 시종일관 이렇게 말했다고 한다. "이것을 내가 젊었을 때 했더라면…." 어른들의 한숨 섞인 이 한 문장은 고다드 뇌리에 엄청난 충격을 주었으며, 그는 자신이 '했더라면'이라는 말을 하지 않는 인생을 살아야겠다는 결심을 했다. 그리고 자신의 삶에서 진정으로 하기를 원하는 것이 무엇인지 결정했다. 그는 세계 모든 나라 방문하기, 비행기 조정법 배우기 등의 127가지 목표를 썼다.

1972년 그는 그간의 경험담을 가지고 미국 〈라이프〉지를 찾아 간다. '한 남자의 후회 없는 삶'으로 그의 스토리가 대서특필되었을 때, 그는 47세였고 127개 목표 가운데 103개를 이미 달성한 상태였다고 한다. 그 결과로 그는 자신의 모험담을 말하면서 세계 여행을 할 수 있게 되었고 고액의 수입을 얻는 연사가 되었다고 한다. 또한, 1980년에 존 고다드는 우주비행사가 되어 달에 감으로써 125번째의 목표를 달성했다고 한다. 비행기 사고와 지진, 두 번의 익사 직전의 구출 경험 등 38회나 죽음의 문턱을 오르내린 존 고다드는 이처럼 말했다. "꿈은 머리로 생각하는 게 아니라 가슴으로 느끼고, 손으로 적고 발로 실천하는 것입니다."

미국의 경영학자로 현대 경영학을 창시한 학자로 평가받는 피터 드러커가 93세 되던 어느 날, 인터뷰 중 다음과 같은 질문을 받았다. "지금까지 당신이 쓴 책 가운데 저에게 단 한 권만 추천해줄 수 있다면, 어떤 책을 권해주시겠습니까?" 피터 드러커는 이에 다음과 같은 대답을 내놓았다. "다음 책(Next book)." '경영을 발명한 사람'이라는 칭송을 비롯해 현대 경영학의 아버지로 불리는 드러커에게도 지나간 과거보다는 다가올 미래가 중요했다.

나 역시 후회와 절망으로 가득했던 과거를 조금씩 비워내면서 새로운 꿈이 들어갈 수 있는 자리가 조금씩 만들어지기 시작했다. 재능 기부로 문화센터에서 영어 회화를 가르치고 있는 나는 오히려 매주 화요일 많은 것을 배우고 있다. 배움에는 나이가 중요하지 않다고 알려주시는 온화하신 마이클 선생님, 배움에 대한 열정이 삶의 기쁨이 될 수 있음을 알려주신 로라 선생님, 건강한 삶을 유지해주는 비결이 배움이라는 것을 느끼게 해주신 우아하신 그레이스 선생님, 밝고 아름다운 미소를 가지신 소피아 선생님, 씩씩한 아들을 잘 키우고 계시는 젊으신 에이미 선생님을 비롯하여, 이제 막 육아의 길로 들어오신 선생님들에게 삶의 지혜를 배우고 있다. 그뿐만 아니라 '평생 배움'이라는 삶의 목적을 발견하게 해주신 감사한 분들과 함께 배우며 '선한 영향력'이라는 내 꿈도 함께 채우고 있다. 또한, 나와 함께 데이지 어학원에서 일하는 가족 같은 선생님들과 신나고 즐거운 놀이영어를 시간을 함께하며, 아이들에게 진심의 마음을 담아 영어를 알려주고 계신 가족 같은 크리스털 선생님을 비롯한 여러 선생님 역시 나의 꿈을 공유하며 함께하고 있다.

박지원의 제자 박제가는 『북학의』에서 스승 박지원의 학문 자세를 이처럼 말하고 있다. "학문하는 길에는 방법이 따로 없다. 모르는 것이 있으면 길 가는 사람을 붙들고 묻는 것이 옳다. 심부름 가는 아이가 나보다 한 자라도 더 안다면 배울 수 있으니, 자신이 남보다 못한 것을 부끄럽게 여겨 자신보다 나은 사람에게 묻지 않는다면 죽을 때까지 스스로 고루하고 방술이 없는 데에 갇히는 것이다."

배움은 사람을 가리지 않으며, 즐기는 배움은 꿈을 향해 나아갈 수 있는 커다란 원동력이 된다.

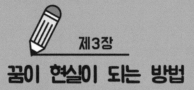

제3장
꿈이 현실이 되는 방법

용기 있는 자에게만 주어지는 선물

"실패는 성공으로 가는 길에서 잠깐 쉬어가는 일이다."
- 제리 길리아스

스무 살 무렵 친구들과 공부를 하고 즐겁게 시간을 보낸 후 콧노래를 부르며 집에 가고 있었다. 현관문에 도착해서 비밀번호를 누르려는 순간 갑자기 양옆에서 검은색 양복 입은 아저씨들이 나타나서 나에게 말을 걸었다. "학생, 여기 이 집에서 살아?" 순간 나는 우리 집에 무슨 일이 잘못되었다고 본능적으로 느꼈다. "아, 아니요." "그럼 이 집에 왜 왔어?" "아, 과, 과, 과외 하러 왔어요." 그러자 그 아저씨들은 "이 집에는 아무도 없던데?"라고 말했다. "아! 네, 잘 알겠습니다."라고 말하고 사람들이 많이 다니는 곳으로 뛰어갔다. '하루아침에 우리 집에 무슨 안 좋은 일이 일어났다. 그래서 일명 조폭 아저씨들이 우리 집 앞에서 계속 서성이고 있다. 무섭다. 빨리 가족들에게 전화해야겠다.'라는 생각뿐이었고 손과 다리가 떨려서 사람들이 많은 거리로 나오자마자 다리가 풀려 주저앉고 말았다.

앉아서 마음을 진정시키고 가족들에게 휴대전화로 전화하기 시작했다. 생각대로 아무도 전화를 받지 않았다. 몇 번의 시도 끝에 큰오빠가 전화를 받았다. 오빠의 목소리에 울음부터 터졌다.

지금, 꿈과 성공을 만나는 시간

"오빠! 어디야?? 나 집에 갔었는데 막 무서운 아저씨들이 우리 집 앞에 있고 나한테 이것저것 막 물어보고 나 정말 무서웠는데 오빠 도대체 어디야?"라는 물음에 오빠는 "우선 진정하고, 너 00 아파트 알지? 거기 000동 1004호로 지금 바로 와."라고 말했다.

전화를 끊자마자 오빠가 알려준 아파트에 도착하니 엄마, 언니, 오빠들도 거실에서 심각한 표정으로 가족회의를 하고 있었다. 금방이라도 폭풍우가 밀려들 듯 어둡고 고요하면서 심각한 분위기였다. 그날 가족회의 내용은 이랬다. 사업을 하고 있던 언니가 엄청난 돈을 투자했는데 망했고 그들은 무서운 아저씨들과 연관이 있었고, 우리 집은 빨리 처분해서 그 사람들에게 넘겨야 하며, 다른 집들도 모두 처분해서 급한 불부터 꺼야 하고 가족들은 성인이니 서로 각자 뿔뿔이 흩어져 살아야 한단다. "그럼 지금 우리 집에 있는 짐들은 다 어떻게?"라는 질문에 "우선 큰 가구는 전부 처분해야 할 거 같고 작은 짐들은 집을 알아봐야겠지만, 집을 못 구하면 전부 처분해야 할 거 같아."라는 청천벽력 같은 소리를 듣게 되었다. 그때 나에게 있는 거라곤 작은 크로스백에 휴대폰, 지갑, 그리고 화장품 몇 개가 전부였다. 우리 집에 있는 나의 모든 것을 포기하라니. 듣고도 믿을 수 없었으며 믿기도 싫은 말들이라 눈물이 저절로 났다. 우리 집에는 이미 더 많은 사람이 몰려왔을 테니 잠깐이라도 가서 꼭 필요한 것만 가지고 나올 수 없냐고도 할 수 없었다. 그렇게 우리 가족과 나는 아무것도 없는 빈털터리가 되었다. 어릴 적 사진 하나 가져 나오지 못한 채 우리 집은 빚이라는 이름으로 활활 불타버렸다. 바로 앞에서 온몸으로 그 열기를 느끼며 내가 할 수 있는 거라곤 망연자실하며 눈물 흘리는 것밖에 없었다.

나는 큰오빠가 겨우 구한 월셋집에서 작은오빠와 함께 살았다. 그때를 떠올리면 살았다기보다는 하루하루 겨우 연명하면서 힘겹게 생계와 싸우고 있었다.

아버지가 일찍 돌아가신 후 어머니는 힘든 가난 속에서도 우리 형제들이 항상 우애와 웃음이 많은 즐거운 가정환경에서 살 수 있도록 많은 노력을 하셨다. 그렇게 우리 남매들을 잘 키우셨고, 엄마와 언니가 함께 시작한 사업도 나날이 잘되었다. 소문난 부자까지는 아니지만, 경제적 해방을 느끼며 집도 많이 늘어나고 쇼핑도 마음껏 하면서 돈을 썼다. 나는 그렇게 평생 돈이 많을 줄 알았다. 우리 집이 망하기 전까지만 해도.

망하고 나니 예전에 힘들었던 삶과도 비교도 할 수 없을 만큼 경제적으로 너무 힘들었다. 닥치는 대로 아르바이트를 하며 겨우 겨우 하루하루 살아갔다. 그러던 어느 날 도시가스가 끊겼다. 겨울에 찬물로 씻는 건 참을 만했다. 하지만 가스레인지에 가스가 공급이 안 되어 밥을 해 먹을 수가 없었다. 부탄가스를 사서 버너에 라면 끓여 먹고 밥해 먹어가며 생활했다. 이렇게 한 끼 한 끼 버너를 이용해 밥을 먹다가 그만 울컥했다. 도저히 내 힘으로 이렇게 힘든 현실을 감당해낼 자신도 없었으며 빚도 너무 많았다.

늦은 저녁 아르바이트를 마치고 오빠들과 버너로 늦은 저녁밥에 술 한 잔을 마신 뒤 답답한 마음에 밖으로 나왔다. 아파트가 14층 복도식 아파트라 현관문을 열면 복도에 난간이 있고 바로 허공이 보였다. 그날따라 밤하늘이 내 앞길처럼 한 치 앞을 내다볼 수 없을 만큼 어둡고 깜깜했다. 계단 쪽으로 걸음을 옮겼다.

지금, 꿈과 성공을 만나는 시간

약간의 고소공포증이 있었지만, 현실이 너무 힘든 나머지 14층 난간에 걸터앉았다. 절망적인 현실을 비관하며 14층에서 뛰어내리고 싶을 만큼 하루하루가 힘들었다. 하지만 나는 떨어져 죽을 용기조차도 없었다. 그냥 밤바람이 나를 세게 밀어주었으면 하고 자포자기하며 울고 있었다.

그때, 어디선가 큰 웃음소리가 들렸다. '밤 12시가 넘었는데 누가 저렇게 큰 소리로 웃나?'라고 생각하며 귀를 기울여보니 바로 우리 집에서 나는 웃음소리였다. 모르는 사람들이 들으면 평범한 웃음소리일 텐데, 나는 그 웃음소리가 목 놓아 우는 소리보다 더 구슬프고 애달프게 들렸다. 그 소리에 어릴 적 힘들게 살면서도 웃음소리가 끊이지 않던 우리 집이 생각났다. 웃는 소리가 제일 듣기 좋은 소리라며 행복해하시던 엄마의 얼굴도 생각나면서 갑자기 정신이 바싹 들었다. 정신 차리고 집으로 들어와보니 오빠들이 깜깜한 밖에서 도대체 뭐 했냐며 걱정했다면서, 라면 끓였는데 얼른 와서 먹자고, 너 기다리다 라면이 이미 다 팅팅 불어버렸다고 웃는데 나도 그만 웃어버리고 말았다.

이렇게 힘든 시기에 나에게 위로가 되었던 명언이 있다. "이 또한 지나가리라." 3천 년 전 솔로몬이 남긴 명언이다. 정말 끝날 것 같지 않던 나의 힘든 시기가 거짓말처럼 지나갔다.

지금 오빠들과 힘들었던 예전을 생각하면 그냥 또 웃는다. 지금 우리 형제들은 거짓말처럼 다 잘살고 있다. 우리 형제들이 제일 듣기 싫은 단어가 '사업'이었다. 하지만 지금은 다들 '사업'하면서 평안한 가정을 이루며 행복하게 살아가고 있다. 예전에 내가 고생했던 이야기를 하는 것이 너무 싫었다. 그래서 주위 사람들은 내가 힘든 시간을 겪었는지도 모른다. 너무 힘들었기에 말하고 싶지도 않고 기억해서 생각하고 싶지도 않을 만큼 고난의 시간을 겪었다. 하지만 지금 힘든 시기를 겪고 있는 사람을 위해서 지금 이렇게 용기 내어 말해주고 싶다. 지금 겪고 있는 고난도 결국은 다 지나가게 된다고, 그러니까 조금만 더 힘내고 조금만 더 견디라고 말이다. 나의 힘든 과거는 지금 나를 더욱 빛나게 만들어주고 있다. 과거의 내가 아니었다면 현재의 나도 존재하지 않으니까 말이다.

모든 일이 잘 풀릴 때는 용기가 있는지 없는지 알 수 없다. 하던 일이 잘 안되거나 어렵고 절망적인 상황에서 용기 있게 시련을 헤쳐나갈 때, 그 사람은 운명을 스스로 개척하는 용감한 사람이다. 힘든 일을 회피하지 않고 인정할 때 용기가 생겨날 수 있다. 무섭다고 시도하지 않거나 시련을 피해 도망쳐버리면 아무것도 할 수 없다.

세상에 두려운 것이 없다고 말하는 사람보다 두려움을 알고 인정하지만 이겨낼 수 있다는 믿음으로 두려움이라는 숲을 헤쳐가는 사람이 더 용기 있는 사람이다. 세상은 용기 있는 사람에게만 길을 비켜주고 기회와 성공이라는 선물을 준다는 것을 기억하자.

꿈에 불을 밝히는 기술

> "당신이 할 수 있는 가장 큰 모험은 당신이 꿈꾸는 삶을 사는 것이다."
>
> – 오프라 윈프리

초등학교 1학년 때 학급문고에서 우연히 어떤 책을 읽고 잠시나마 '의사'라는 장래 희망을 꿈꾸었던 적이 있다. '아프리카 밀림의 성자'로 불리는 슈바이처 박사의 위인전이다. 슈바이처 박사는 20대에 의학, 음악, 신학 박사라고 불릴 만큼 많은 재능을 가진 사람이었다. 그런 그가 아프리카로 가야겠다고 말했을 때 사람들은 그의 생각과 계획을 듣고 놀라지 않을 수가 없었다. 지금까지 그가 누리던 안락함과 편안함을 뒤로한 채 아프리카를 선택하게 된 가장 큰 이유는 그의 집 우편함에 들어있던 편지 때문이었다. "우리에게 의료선교를 하실 분이 꼭 필요합니다."라는 내용의 편지였다. 슈바이처 박사는 그 편지가 마치 "우리에게는 당신이 꼭 필요합니다."라고 보이기 시작했고 결코 쉬운 결정은 아니었지만, 그가 누리던 부와 사회적 지위를 버리고 아프리카로 떠났다.

슈바이처 박사의 손에 치료받고 새 삶을 살아가는 많은 아프리카 사람들을 보며 그는 행복을 느꼈다. 나중에 알고 보니 그 편지는 이웃집 선교사에게 온 편지가 슈바이처에게 잘못 전송된 것이었다. 그러나 그는 자신의 재능을 더 어려운 사람을 위해 쓰겠다고 판단했고 실천했다. 캄캄한 어둠 속에 촛불처럼 힘들고 아픈 사람들을 도와준 슈바이처 박사의 이야기를 통해 한 사람이 주위 사람들을, 세상의 많은 사람을 어떻게 변화시킬 수 있는지 알게 되었다.

예전에 아이가 영어 말하기 대회에 나간 적이 있다. 우리나라, 롤모델, 애완동물, 환경 중에서 한 주제를 골라서 영어로 말하는 대회였는데 아이가 롤모델을 주제로 하겠다고 말했다. 남자아이이고 축구를 좋아해서 아이의 꿈이 당연히 축구 선수인 줄 알았는데 전혀 뜻밖에도 아이는 슈바이처가 롤모델이라고 말했다. 나중에 이유를 물어보니 책에서 슈바이처 책을 읽었는데 도움이 필요한 힘든 사람들을 도와주는 모습이 멋있었다고 했다.

나는 아이에게 엄마도 너처럼 어렸을 때 롤모델이 슈바이처 박사님이었다는 이야기를 들려주며 아이의 꿈을 응원해준다고 말했다. 그런데 왜 꿈을 이루지 못했냐고 묻는 아이의 질문에 나는 할 말이 없었다. 그 꿈을 위해서 나는 최선을 다해서 열심히 공부하지 못했다고 이야기할 수 없었기 때문이다.

아이는 내가 머뭇거리며 대답을 잘 못 하는 것을 보고 다시 나에게 물었다. "엄마, 지금은 꿈이 뭐예요? 꿈을 이루려고 저처럼 공부해요? 어떻게 노력하고 있어요?" 아이 질문에 나는 말했다. "엄마가 어른이 되어서 생긴 꿈을 위해서 엄마는 최선을 다해서 하루하루 열심히 살고 있어." 그러자 아이는 씩 웃었다. 그리고 나는 잠시 생각에 잠겼다.

지금은 순풍에 돛 단 듯 꿈을 향해 순항하고 있지만, 이전의 나를 돌이켜 보면 '꿈'이라는 것을 생각하지도, 마음을 편히 가지지도 못했던, 그야말로 하루하루가 힘들고 가난했던 시절의 내가 있었다. 지금 내가 꿈이라는 목표를 향해 순항하고 있을 것이라고도 상상할 수 없던 시절의 내가 있었다. 힘들었던 시절의 나는 아무런 의욕이 없는 사람이었다. 아무런 꿈도 목표도 없던 나는 아무런 생각도 없는, 행동도 안 한 게으른 사람이었다. 친구들을 만나면 흙수저로 태어나 아무것도 할 수 없다는 불평불만만 가득한 게으른 나를 기억한다.

그렇게 앞이 보이지 않는 짙은 안갯속에서 푸념만 하고 시간을 낭비하며 한 걸음도 걸을 수 없었던 나약했던 내가 변하기 시작했다.

'꿈'이 생기고 운동을 하고 책을 읽으면서 앞이 안 보일 만큼 짙던 안개가 조금씩 없어지기 시작했다. 내가 변화하자 과거와 달라진 나를 보며 물어보기 시작했고 내가 아는 만큼 열심히 알려주기 시작했다. 그때부터 가난했을 때 믿었던, 부자들은 가난한 사람들이 못 올라오게 사다리를 걷어차 버린다는 말들을 의심하기 시작했다.

꿈을 이룬 사람들에게 혹은 이미 성공한 부자들에게 어떻게 성공할 수 있었는지 묻기 시작하면 최선을 다해서 알려주는 모습들을 보면서, 나 또한 성공하면 많은 사람에게 내가 받은 소중한 조언들을 되돌려주리라 마음먹었다. 내 주변 사람들이 지금의 나처럼 활기차고 열정적인 삶을 살아가며 변하기 시작하는 모습을 보면서 지금의 글을 쓰는 내가 될 수 있었다. 앞으로 더 많이 성장해야 할 나이지만 지금이라도 많은 사람에게 변화의 씨앗을 전해주고 싶다.

당신 또한 어렵게 하루하루 살아가는 사람들이 필요로 하는 뛰어난 능력과 재능을 가지고 있다. 그 사람들은 지도와 불빛이 필요하다. 당신이 이미 알고 있는 지도를 도움이 필요한 사람들에게 보여줄 수 있다.

단지 꿈이라는 등에 불만 밝혔다고 무조건 행복한 삶이라 말할 수 있을까?

진정으로 꿈에 불을 밝히는 기술은 바로 '의미 있는 목적을 향한 지속적인 행동'이다. 당신의 꿈의 불빛이 어둠 속에 있는 다른 사람들에게 길잡이가 되어줄 수 있다.

당신의 꿈을 상상하며 입으로 말하라. 매일 당신의 꿈을 생각하며 조금씩 끝까지 포기하지 말고 행동하라. 당신의 변화를 느끼게 되면 당신의 주위는 이미 찬란하게 빛날 것이다.

당신의 빛나는 광채가 어둠 속에 있는 주위 사람에게도 비칠 것이다.

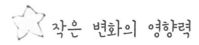 작은 변화의 영향력

> "무엇을 볼 때, 있는 그대로의 모습으로 보지 말고 만들어내고 싶은 모습으로 보라."
>
> — 로버트 콜리어

당신의 꿈이 실현되려면 먼저 당신의 꿈에 대해서 생각해보아야 한다. 그리고 그 꿈을 이루기 위해서 당신이 지금 바로 할 수 있는 것부터 찾아보자.

꿈이 현실이 되는 과정들은 마치 공연을 준비하고 보여주는 것과 같다. 공연을 설계하고 그 무대의 주인공이 되어, 자신이 준비한 모든 매력을 관객들에게 보여줄 때 당신의 꿈이 비로소 현실이 될 것이다. 제일 먼저 나의 꿈에 대한 목적과 기획, 그리고 앞으로 나아가야 할 방향에 대해서 알아보는 시간을 가져야 한다. 꿈을 이루는 과정은 쉽지 않겠지만 그렇다고 불가능한 것은 아니다.

현실이 될 수 있는 꿈을 위해 지금 바로 시작할 수 있는 작은 변화부터 생각해보자. 종이와 펜이 있다면 10가지만 적어보자. 종이와 펜을 찾을 수 없다면 휴대폰을 꺼내어 메모해보자.

첫 번째, 꿈을 적고 내가 좋아하는 일이 무엇인지 생각해본다.

돈이 되는 일이든 아니든 상관없다. 지금 내가 좋아하는 일을 세 가지만 생각해보고 종이에 적어보는 것부터 시작하자.

두 번째, 성공한 사람의 어깨에서 시작하자.

내 주위에서 성공한 세 사람만 적어보자. TV나 책을 통해 알게 된 사람이어도 괜찮다. 나와 같은 꿈을 꾸는 사람들이 내 주변에 있거나 이미 꿈을 이룬 사람을 알고 있는지 생각해보자. 아무리 생각해도 생각나는 사람이 없다고 해서 전혀 기죽거나 슬퍼할 필요 없다. 서점에 가서 나의 꿈과 같은 꿈을 꾸고 성공한 사람들이 쓴 책을 사서 읽자. 그리고 나는 그들보다 더 대단한 사람이 될 것이라고 종이에 적어보자.

세 번째, 꿈을 이룰 수 있는 소소한 방법들을 적어보자.

꿈을 이룰 방법 3가지를 적어보자. 나의 꿈을 이룰 방법에 대해 내가 시도해본 방법들이 있었는가? 내 꿈에 가까이 갈 수 있도록 관련된 공부를 했었는지 생각해보자. 아니면 관련된 도서를 읽었는지 생각해보고 만약 없다면 꿈에 관련된 도서나 모임 또는 배울 수 있는 다른 방법을 모색해보자.

네 번째, "말이 씨가 된다."라고 적어보자.

첫 번째 적은 당신의 꿈을 거울을 보며 소리 내어 말해보자. 당신의 꿈을 다른 사람들에게 말하고 다닌 적이 있었는가? 예를 들어 주위 사람들에게 "나는 책을 써서 베스트셀러 작가가 될 거야."라고 말하고 다녀라. 주위 사람들로부터 이상한 말을 듣게 되더라도 기죽지 말고 자신의 꿈을 주위 사람들에게 말하고 다녀라. 말이 씨가 되기 때문에 당신의 꿈에 조금씩 가까워지게 될 것이다.

다섯 번째, 당신의 꿈을 그림으로 그려보자.

시각화는 당신의 꿈이 빨리 이루어지게 도와주는 고마운 기능이다. 나는 머릿속에 생각이 복잡해질 때 종이에 끄적거린다. 그냥 머릿속에서 떠오르는 모든 단어나 느낌을 적다 보면 복잡하던 생각이 정리되는 것을 느낄 수 있다. 내가 처음 '꿈'을 생각했을 때도 마찬가지였다. 내가 어렸을 때부터 꿈꿔왔거나 현재 하고 싶은 일들을 떠올리면서 무조건 다 종이에 옮겨 적어보았다.

여섯 번째, 당신의 꿈을 위해 지금 바로 도전할 수 있는 것 3가지만 적어보자.

지금까지 살면서 너무하다는 생각이 들 만큼 어떤 일에 무모하게 도전했던 적이 있었는가? 어떤 일을 도전한다는 것은 힘들지만 설레는 일이기도 하다.

일곱 번째, 당신의 꿈과 관련된 소소하고 시시한 단기 목표를 3가지를 적어보자.

생각했던 일들을 하나씩 해나가면서 당신이 목표한 지점까지 도착한 경험이 있었는가? 거창한 목표가 아니어도 괜찮다. 일주일만 아침 일찍 일어나기나 일주일에 책 한 권 읽기 등 작은 목표라도 목표한 지점까지 도달한 경험이 있다면 그 작은 경험이 쌓여서 더 큰 목표를 달성할 힘이 되어줄 것이다.

여덟 번째, 당신의 장점을 생각나는 그대로 종이에 적어보자.

당신의 꿈을 이루기 위해서 당신은 어떠한 무기를 가졌는지 생각해본 적이 있었는가? 만약 무기가 없다면, 이제부터 생각해보자. 나의 무기는 독서이다. 생각한 일들이 잘 풀리지 않을 때 나는 아침 일찍 일어나서 책을 읽거나 책을 쓴다.

아홉 번째, 당신의 꿈이 대한 좋은 이유 3가지를 적어보자.

예를 들어 당신의 꿈이 여행 작가라면 "여행을 좋아해서."라고 적어보자. 당신의 꿈은 태풍이 와도 흔들리지 않아야 한다. 내가 처음 작가가 되고 싶다고 말했을 때 주변 사람들이 나에게 해준 말은 온통 부정적인 말들뿐이었다. "넌 할 수 있어! 난 너의 꿈을 응원해!"라는 말을 들을 줄 알았지만, 현실은 가혹했다. 폭풍에 흔들리는 작고 초라한 배처럼 부정적인 생각들로 내 꿈은 이리저리 부서지고 표류하는 시련을 겪었다. 남들이 아무리 나쁘고 부정적인 말을 하더라도, 꿈이 흔들리지 않는 단호한 결심이 필요하다.

열 번째, 내 꿈이 내 주위를 어떻게 변화시킬 수 있는지 적어보자.

당신의 꿈을 언제부터 간직했었는가? 오래된 꿈인지, 혹은 얼마 전에 생긴 꿈인지는 중요하지 않다. 나에게는 꿈이 있고 앞으로 그 꿈을 위해 작은 변화가 시작되리라는 것을 스스로 인지하고 있으면 된다.

위의 열 가지 질문을 종이에 적어보자. 당신의 꿈이 실현될 방

지금, 꿈과 성공을 만나는 시간

법은 생각의 변화에서부터 시작된다. 나의 작은 생각이 모여 작은 변화가 되고, 꿈이 현실화되는 것이다. 나 스스로 내 꿈을 위해 실천할 수 있다고 여기는 생각의 변화를 시작하면서부터 꿈의 출발선에 설 수 있다. 누구나 처음에는 꿈이 있었을 것이다. 하지만 살아가고 인생의 목표를 재설정하면서 예전의 가슴 설렜던 꿈과 잠시 멀어졌을 수 있다. 현실에 안주하는 삶을 살면서 꿈이 없다고 말하는 것은 아직 이르다.

꿈을 이룬 사람들은 모두 자신의 '강점'으로부터 출발하여 꿈을 이룰 수 있었다. "이 나이에 회사만 다녔던 내가 지금 와서 뭘 할 수 있을까?" 혹은 "애 키우며 살림이나 하던 내가 뭘 할 수 있나?"라는 말로 자신을 과소평가하지 마라.

당신이 남들보다 조금 더 잘하는 게 있는지, 어떤 장점이 있는지, 무엇을 좋아하는지 자신을 들여다보자. 당신이 남들보다 조금 더 잘하는 점을 발견하여 노력한다면 당신의 '꿈'이 이루어진다는 것을 알게 될 것이다.

미국에 사는 조카가 방학해서 한국으로 놀러 왔었다. 조카와 함께 파주로 드라이브 겸 출장을 가게 되었다. 신호 대기에 차가 잠시 멈춘 나는 자동차 창문을 내렸다. 차도 옆에 들꽃이 참 아름답게 피어있는 것을 보고 조카에게 물었다. "미셸, 저기 길옆에 핀 들꽃들 좀 봐. 참 예쁘다. 저 들꽃들을 누군가가 아름다운 정원으로 옮겨 심어놓으면 저 꽃들이 그냥 들꽃이 아닌 고귀한 꽃처럼 보일 수 있겠지? 그래서 저 엄마 들꽃들이 바람의 힘이나 혹은 동물들의 힘을 빌려 멀리 아주 멀리 아기 씨앗을 더 넓은 세상으로 보내려고 노력하고 있는 것 같아." 조카는 말했다. "음, 맞아, 이모! 우리 엄마도 넓은 미국이라는 나라에 우리를 보내서 많은 경험을 겪게 해줬잖아. 정말 감사하게 생각해!"

비록 언니는 말이 안 통하는 타국에서 고군분투하며 힘들게 살았겠지만, 결국 언니의 선택이 아이들에게 더 큰 생각과 큰 꿈을 꾸게 해주었다. 언니가 안쓰럽기도 하고 존경스럽기도 했다. '지금'이 꿈을 이룰 수 있는 최고의 타이밍이라는 것을 앞으로 계속 알게 될 것이다. 당신은 앞으로 더욱 넓은 세상에서 성공할 것이다. 그리고 그 성공이 가져오는 당신의 선한 영향력과 밝은 에너지로 당신의 다음 세대와 주위는 더욱 빛날 것이다.

지금, 꿈과 성공을 만나는 시간

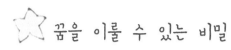

꿈을 이룰 수 있는 비밀

"무지를 아는 것이 곧 앎의 시작이다."
— 소크라테스

　성공한 사람들은 "하루하루 최선을 다해 열심히 살고 있다."
라고 말한다.

　이 책을 읽고 있는 당신은 어떤 꿈을 가지고 있는가? 지금 그
꿈을 위해 어떻게 행동하고 있는가? 만약 행동하고 있지 않다면
그 이유가 무엇인지를 생각해보자. 아마도 시간과 돈이 없어서
실행하지 못했다고 말할 수도 있을 것이다.

　꿈을 이루기 위해서는 무엇보다 시간과 돈이 필요하다는 것을
잘 알고 있다. 회사에 다니면서 나의 꿈을 찾을 시간이 없고 직
장인의 월급은 유리 지갑이니 당신의 꿈을 실현하기가 어렵다고
느끼는가? 만약 회사를 그만두고 '꿈'에만 매달린다면 주위 사람
들에게 무책임한 사람으로 여겨질 수도 있어 꿈을 생각조차 할
수 없는데 언제 꿈에 한 발자국 조금 더 가까워질 수 있겠는가?
섣불리 꿈을 시도해서 실패하기라도 한다면, 지금 잘 다니고 있
는 회사를 그만두었기 때문에 앞으로의 생활이 막막할지도 모른
다. 꿈이 생겼다고 지금 잘 다니고 있는 회사를 그만두면서 바로
당신의 꿈을 이루라는 말은 아니다.

나는 딱 하나만 했을 뿐인데 꿈과 조금씩 가까워지고 있음을 느낄 수 있었다. 바로 '실행'이다. 실행은 꿈을 실현할 수 있다. 거창하게 꿈을 실행하라는 것이 아니다. 지금 당신이 할 수 있는 실행, 그것으로도 당신의 꿈과 한 걸음 더 가까워졌을 것이다. 꿈이 있고 실행하지 않는다면 그것은 희망 사항에 불과하다. 하지만 실행이라는 강력한 무기를 사용한다면 꿈이 현실로 다가올 수 있다. 왜 꿈과 실행이 중요할까? 꿈만 있고 실행하지 않는다면? 목적 없이 허공에 날아다니는 새는 없다. 꿈이 있다면 지금 바로 실행하라. 꿈은 인생의 길이다.

어둡고 캄캄한 길에 손전등이 있다면 한 발자국이라도 쉽게 앞으로 걸을 수 있을 것이다. 어두운 길을 밝혀줄 손전등이 많다면 캄캄한 어둠 속에서 엄청난 도움이 될 것이다. 또한 나뿐만 아니라 그 빛을 보고 어두운 길을 따라오는 사람들도 생겨날 것이다. 만약 손전등은 많지만, 전원 버튼을 누르지 않는다면 손전등의 역할을 못 할 것이다. 전원 버튼을 누르는 실행을 하지 않는다면 계속 어둠 속에 있는 것이다. 손전등이 꿈이고 손전등의 전원을 켤 수 있는 것이 바로 실행이다. 전원 버튼을 누르는 실행을 행동으로 옮김으로써 손전등의 제 역할을 찾아줄 수 있다.

"완벽한 계획 없이는 아무런 실천을 하지 않는다."라고 말하는 사람들이 있다. 완벽한 계획은 이 세상에 존재하지 않는다. 새해가 되면 사람들은 다이어리를 새로 사고 새로운 다짐을 적는다. 완벽하고 훌륭한 계획이라도 실행으로 옮기지 않으면 기억에서 사라지고 만다. 계획을 실행으로 옮기는 일은 참으로 어려운 일이다. 어렵게 성공한 사람들을 만날 수 있었던 자리가 있었다. 난 용기를 내어 그들에게 "어떻게 성공하시게 되었는지 비결을 알

지금, 꿈과 성공을 만나는 시간

려주세요."라고 여쭤보았다. 그 사람들의 말을 그때의 나로서는 이해할 수 없었다. 아니 솔직히 말해서 나를 놀리는 줄 알았다.

한 명이 이렇게 대답했다. "아직 성공하려면 멀었죠. 그래도 비결을 알려달라고 하시니 말씀드려요. 전 하루하루 열심히 살았어요." 다른 사람들도 덧붙여 말했다. "맞아요! 저도 성공 비결이라고 하면, 하루하루 참 고군분투하며 열심히 살았던 거라고 할 수 있겠네요!" "지혜 씨도 성공하고 싶다면 하루하루 최선을 다해 살아가세요." 참 모범답안이라고 할 수 있는 '하루하루 열심히 살아가는 일'이 가슴에 와닿지 않았다. 시간이 지나고 어느 날 갑자기 '나는 참 하루하루 열심히 고군분투하며 살아가고 있구나.'라는 생각이 들면서 성공한 사람들이 웃으며 나에게 이야기해주었던 모습이 떠올랐다. 식상할 수도 있는 하루하루 열심히 살아가기는 생각해보니 참으로 어려운 일이다. 건강해지고 싶다면 운동을 해야 하고, 작가가 꿈이라면 하루에 10분이라도 글을 쓰게끔 행동으로 옮겨야 하며 영어를 잘하고 싶다면 하루에 10분이라도 영어를 공부해야 하니 말이다. 꿈만 있고 실행을 하지 않는다면 죽어있는 꿈과 마찬가지이다. 반대로 실행만 하고 꿈이 없다면 상공에서 목적지를 잃고 방황하는 비행기처럼 나중에 연료가 다 떨어져 추락하게 되고 말 것이다.

호주 멜버른으로 가족 여행을 갔을 때 일이다. 남편은 호주 여행을 계획할 때부터 렌터카를 빌려 그레이트 오션 로드 해안 길을 운전하고 싶다고 했었다. 호주로 여행 가는 날이 다가오자 남편의 계획이 달라지기 시작했다.

대학생 때 호주에서 살아본 적이 있던 남편은 멜버른 시내 도로에 트램과 버스, 자동차들이 함께 다녀서 신호도 복잡하고 자동차 운전대 위치도 다르므로 그냥 현지 여행사를 통해서 다니는 것도 나쁘진 않을 것 같다며 차를 렌트해야 할지 말지 고민된다고 말했다. 함께 생각하던 우리는 결론을 내렸다. "우리가 렌트해서 운전하면 차 사고 날까 두렵기도 하고 걱정스럽기도 하겠지만 우리가 자동차를 운전하는 운전사이기 때문에 가고 싶은 곳을 가고 쉬고 싶을 때 쉴 수 있다. 그러니 꿈꾸왔던, 오션 로드에서 멋지게 드라이브하는 일을 실행하자!"

그렇게 자동차를 렌트하는 것으로 결론을 내렸다. 우리 가족이 멜버른에 도착하고 자동차를 찾고 숙소로 가는 20분이 1시간처럼 느껴질 만큼 안전 운전에 온 신경을 곤두세웠다. 그렇게 하루하루가 지나고 나니 멜버른 시내에서 운전하고 다닐 만했다. 멜버른 주변 지역을 구경하고 남편이 하고 싶었던 그레이트 오션 로드 해안 길도 운전하면서, 우리는 자동차를 렌트한 우리의 결정이 스스로 대견하다고 말하며 서로를 칭찬했다. 남편 덕분에 우리는 여행사가 짜놓은 여행 코스가 아닌 우리 가족이 선택한 여행 코스로 편하고 즐겁게 여행했다. 꿈을 생각하고 그 꿈을 현실로 만들어줄 행동 또한 답이라는 사실을 또 한 번 알게 된 여행이었다.

'꿈'을 생각했다면 후회하지 말고 작은 행동부터 시작하자. 꿈을 위해 단기 목표를 세우고 계획적으로 행동하면서 그것을 하나씩 이루어보자. 단기 목표가 모여 장기 목표를 만들 수 있는 든든한 버팀목이 되어줄 것이다. 성공한 사람들은 일단 꿈을 꾸었다면 이를 행동으로 옮긴 사람들이다. 큰 꿈을 이룬 사람일수록 빠른 결단력과 실행력을 우선으로 삼는다.

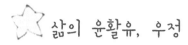 삶의 윤활유, 우정

　　"친구는 제2의 자신이다."

　　　　　　　　　　　　　　　　　　　　　　　　　　- 아리스토텔레스

　　나는 즐거운 학창 시절을 함께 보낸 친구들 덕분에 아름답고 향기로운 인연이 진실한 우정이라는 것을 알게 되었다. 그 중에 미선이라는 친구가 있다. 힘든 일이 있을 때 그 친구부터 찾게 되는데, 그 이유가 꼭 나에게 경제적인 힘이 되거나, 직접적인 도움을 주어서가 아니다. 내가 힘들 때는 진심 어린 위안을 주고, 내가 기쁠 때는 자기 일처럼 기뻐하는 진실한 친구이기 때문이다. 지금도 우리는 육아 때문에, 피곤해서 혹은 시간이 없어서 등 서로 바쁘다는 이유로 온갖 핑계를 대며 자주 만나지는 못한다. 하지만 우리는 힘들 때 전화 한 통화가 서로에게 큰 힘이 된다는 것을, 변함없이 항상 서로를 지지해준다는 것을 잘 알고 있다.

　　오랜만에 만났어도 어제 만났던 것처럼 대화가 끊이지 않을 만큼 마음이 편한 사람이 친구이다. 학창 시절에 '관포지교'라는 사자성어를 배울 때 나는 그 친구들을 생각하면서 익혔다.

　　옛날 중국에 살던 관중과 포숙아는 친한 친구였다. 둘은 어릴 때부터 둘도 없는 단짝 친구였다. 전쟁터에 나간 관중이 세 번이나 도망을 갔을 때 모든 사람이 관중을 비겁하다고 욕했으나, 친구 포숙아만큼은 관중에게는 늙으신 어머님이 계시기 때문이라고 끝까지 믿어주었다. 관중은 자신을 믿어주고 알아준 포숙아에게 진심으로 고마워했다. 그래서 관중과 포숙아처럼 다정한 친구 사이를 '관포지교'라고 한다. 우리는 살면서 우정이 중요하다는 것을 잘 알고 있다. 친구라서 항상 사이가 좋다는 법은 없다. 사람이기 때문에 사소한 일에 마음이 상하기도 하고 안 맞는 일이 있어 관계가 멀어지기도 한다. 하지만 태어나서 부모 다음 만나는 사람이 친구인 만큼 어릴 적 친구와 함께 추억을 만들었다는 것은 소중한 경험이다. 힘든 일이 있을 때 함께 위로하고 기쁜 일이 있을 때 같이 기뻐하는 친구는 살아가면서 꼭 필요한 인간관계다.

내 주위에는 삶의 윤활유가 우정이라는 의미를 확실하게 알려주는 사람들이 있다. 자주 회색 옷을 즐겨 입고 매사에 늘 신중하지만, 룸바를 잘 추는 반전 있는 동안의 그레이스, 빨간색 머리가 잘 어울리는 마음 착하고 듬직한 아름다운 슈퍼우먼 에바, 밝은 에너지와 당찬 매력을 지닌 정의롭고 착한 마음씨의 신디. 영어 이름이 정말 잘 어울리는 그들의 우정은 그녀들 주위에만 있어도 유쾌하고 마음 편하며 나를 포함한 다른 사람들의 부러움을 살 만큼 돈독하다.

그들은 있는 그대로를 받아들이고 사랑하며 서로 깊게 신뢰하는 우정을 갖고 있다. 그들은 순수했던 학창 시절부터 편하고 자유로운 우정을 지금까지 함께하고 있다. 가끔 보면 친자매처럼 싸우기도 하고 엄마처럼 보듬어주기도 하고 아빠처럼 지켜주기도 한다.

지금, 꿈과 성공을 만나는 시간

그들과 함께 있다 보면 자연스레 내 친구들이 생각난다. 그들에게 나는 어떤 친구인지에 대한 생각이 절로 들어 친구들에게 연락한다. 그녀들은 그녀들의 순수한 우정을 자녀들에게도 물려주고 있다. 그녀들은 비슷한 시기에 결혼하여 아이를 낳고 키웠기에, 아이들 나이 역시 비슷하다. 우정을 공유하기 좋은 같은 아파트 단지에 살고 있으며 서로 돕고 신뢰하고 존중하면서 즐겁게 살아가고 있다.

그녀들을 바라보고 있으면 "집을 가장 아름답게 꾸며주는 것은 자주 찾아오는 친구들이다."라는 글귀가 자연스럽게 생각난다. 서로의 집에 자주 왕래하며 저녁이나 맛있는 음식을 서로 나눠 먹으며 사랑을 베풀며 살아가고 있다. 생김새도 성격도 성향도 모두 각각 다른 세 사람이지만 그들은 서로를 오랫동안 믿고 도와주고 존중하며, 주위 사람들이 보기에 부러우면서도 두터운 우정을 지닌 인생의 동반자들이라는 생각이 절로 든다.

기원전 4세기경 공포정치를 하던 디오니시우스 1세에게 피타고라스학파의 철학자 피디아스(Pythias)는 위험을 무릅쓰고 직언을 했다. 그 젊은이는 교도소에 갇혀 교수형을 당하게 되었다. 그는 죽기 전에 신변 정리를 위해 부모와 친구들을 만나고 싶다며 일시적인 말미를 요구했다. 하지만 왕은 허락하지 않았다. 만약 피디아스에게 작별 인사를 허락할 경우, 다른 사형수들에게도 공평하게 대해줘야 했기 때문이다. 만일 다른 사형수들도 부모님과 작별 인사를 하겠다며 다녀오겠다고 했다가 멀리 도망가면 국법과 질서가 흔들릴 수 있었다.

그때 그의 친구 다몬(Damon)이 말했다. "제가 그의 귀환을 보증합니다. 피디아스 대신 교도소에 가겠습니다. 그에게 가족과 친구들에게 작별 인사를 할 수 있게 해주십시오." 만일 그가 돌아오지 않는다면 어떠하겠냐며 왕이 물었다. "만일 그가 돌아오지 않는다면 그 대신 저를 죽여도 좋습니다." 왕은 어쩔 수 없이 허락했다. 그래서 피디아스를 보내고 다몬을 투옥했다. 교수형을 집행하는 날이 밝았다. 하지만 피디아스는 돌아오지 않았다. 왕이 조롱하듯 물었다. "어리석은 만용으로 목숨을 잃게 되었구나. 후회가 많겠지?" 다몬이 답했다. "보지 않아도, 듣지 않아도, 말하지 않아도 믿을 수 있는 친구입니다. 친구를 사랑하기에 친구를 위해 죽는 것이 조금도 슬프지 않습니다."

교도관이 와서 다몬을 사형장으로 끌고 갔다. 바로 그 순간 피디아스가 나타났다. 돌아오는 바다에서 폭풍과 난파를 당해서 늦었다며 다몬에게 감사를 표하고 간수에게 자기 몸을 맡겼다. 왕은 목숨을 바꿀 수 있는 두 사람의 믿음과 우정에 감복하며 말했다. "피디아스의 죄를 사면하노라!" 왕은 그들을 석방하며 나직하게 혼잣말을 했다. "저런 친구를 가질 수만 있다면 나의 모든 것을 다 주어도 아깝지 않을 것이다." 사람은 끊임없이 다른 사람들과 관계를 맺으며 살아가는 사회적 동물이다. 진실한 친구는 좋은 일이 있으면 진심으로 축하해주고, 힘이 들 때 도와주며 진심을 다한다.

소크라테스는 "모든 언행을 칭찬하는 자보다 결점을 친절하게 말해주는 친구를 가까이하라."라고 말했다. 우정보다 이 세상에 더 부유한 것은 없다.

젊음을 유지해주는 단어

"지혜는 학교에서 배우는 것이 아니라 평생 노력하여 얻어지는 것이다."

– 알베르트 아인슈타인

이스라엘의 랍비 힐렐(Hillel)은 "내가 나를 위해 하지 않으면 누가 나를 위해줄 것인가? 지금 하지 않으면 언제 할 날이 있겠는가?"라며 현재가 꿈을 이루는 최고의 시점이라고 말해주고 있다.

나는 신이 인간에게 알려준 특별한 지혜는 '현재'라는 시제라고 믿는다. 많은 사람이 꿈을 이루기 가장 좋을 때는 따로 있다고 생각한다. 꿈을 이루기 위해 가장 좋을 때는 '현재'라는 사실을 깨달았을 때이다. 나는 이 세상을 떠나기 전에 다음처럼 말하지 않기를 바라는 마음으로 현재에 최선을 다해 살아가려고 한다. "이제 와 보니 나는 해야 할 일들을 미루어서 하나도 해낸 것이 없어. 좋아하는 일도 포기한 채 대부분의 인생을 살았네." 나이가 어리다고, 젊다고, 혹은 너무 늙었다고 꿈을 포기해버리는 일은 참으로 안타까운 일이다.

평범한 주부였던 제니 도안(Jenny Doan)이라는 중년 여인이 있다. 그녀의 아들은 양성 종양이라는 진단을 받고 캘리포니아에서 살던 집을 떠나 미주리주의 외곽 마을인 해밀턴시로 이사했다. 퀼트가 취미였던 제니에게 그녀의 아들은 유튜브 영상을 찍어보자고 제안했고 제니는 이를 받아들였다. 당시 2009년 유튜브는 사람들이 잘 알지 못하던 상태였다. 제니는 초보자에게 퀼트 하는 방법을 설명하는 단순한 콘텐츠를 하나씩 올리기 시작했다.

가정주부들에게 조금씩 알려지기 시작하면서 2년 만에 2만 5천 명의 구독자가 생겨났다. 그 후 2년이 더 지난 2013년에는 유튜브의 스타로 등극했다. 그녀는 유명한 유튜브 스타로 만족하지 않았다. 그녀가 사는 해밀턴시는 죽어가던 흔한 시골이어서 빈 상점들이 많았는데, 제니는 그 빈 가게들을 모아 '미주리 스타 퀼트 컴퍼니'를 설립하여 퀼트 테마파크를 만들어갔다. 사람들이 도시로 빠져나가는 죽어가던 시골 해밀턴시는 제니를 보려고 매주 8,000여 명의 사람이 찾아오는 생기가 넘치는 도시로 바뀌었다.

주변에서 흔히 볼 수 있는 가정주부였던 그녀가 만약 나이가 많다는 이유로, 평범하다는 이유로 꿈을 위해 행동하지 않았다면 해밀턴은 미국의 흔한 시골 도시로 남아있었을 것이다.

영어를 가르치면서 만나는 사람 중에는 정말 능력이 뛰어난 분들이 많다. 나 또한 그랬듯이 결혼하고 아이를 낳고 키우며 육아에 전념하면서 이전까지 가지고 있던 꿈을 잊고 살던 분들이다.

꿈을 이루기 위한 시작은 '점'을 찍을 만큼 아주 작았다. 배우고 싶어 하는 주변 사람들에게 영어를 무료로 알려주었고, 그들의 아이들을 품앗이 교육하면서 시작했다. 시작은 초라했으나 꿈은 크게 꾸었다.

지금, 꿈과 성공을 만나는 시간

나는 육아에만 전념하며 우울증에 빠지기 직전이었던, 평범한 30대 가정주부였다. 그런 나에게 꿈이 생기자 부정적인 생각을 조금씩 떨쳐낼 수 있었다. 나쁘고 부정적인 생각으로 가득했던 내 머릿속에 긍정적인 생각이 점차 영역을 확장한 것이다. 누군가 "지금 시작하면 늦지 않을까요?"라고 물어보면 나는 웃으며 "꿈이 있어야 오래 산다"라는 기사를 본 적이 있다고, 절대 늦지 않았다고 말한다. 현재 나이는 다 장단점을 가지고 있으나 장점을 생각하면 절대 나이 때문에 못할 일은 없다.

목표 지향적인 삶을 사는 사람들은 부정적인 생각을 하기보다는 긍정적인 사고로 사는 사람들이 많다. 특히 은퇴 이후에도 자신의 꿈을 이루는 데 삶의 방향성과 목표를 갖는다면 건강하게 노후를 보낼 수 있다. 은퇴 후 영어를 배우기 위해 강의를 수강하시는 분들을 보면서 나 또한 그분들의 삶의 자세를 배우고 있다. 퇴직 후 많은 분들이 갑자기 몸과 마음이 늙고 쇠약해지는 이유는 꿈을 생각할 필요를, 무언가를 배울 필요를 못했기 때문이다.

해밀 조미하는 『꿈이 있는 한 나이는 없다』에서 "심장이 뜁니까? 열정이 남았습니까? 할 수 없다고 절망하고 있습니까? 무엇 때문이라며 포기하고 있습니까? 핑계를 대지 마세요. 심장이 뛰는 한 절망은 없습니다. 열정이 있는 한 꿈은 이룰 수 있습니다. 힘내서 다시 시작하세요. 두 손 불끈 쥐고 다시 시작하세요. 세상은 도전하는 사람 것입니다. 꿈이 있는 한 나이는 없습니다."라고 말하고 있다.

꿈을 생각하는 데 나이는 중요하지 않다. 아직도 꿈에 대한 열정이, 꿈을 이루는 데 필요한 배움에 대한 열정이 조금이라도 남아있다면 지금도 늦지 않았다. 꿈이 없이 사는 사람의 뇌 신경망은 점점 단순해지고 변화가 일어나기를 거부하게 된다. 지금, 바로 당신의 꿈을 생각해보자.

당신의 꿈은 당신에게 몸과 마음을 건강하게 유지해 줄 것이며 긍정적이고 열정 있는 삶을 즐길 수 있도록 만들어줄 것이다. 젊음을 유지해주는 단어는 바로 '꿈'이라는 것을 기억하자.

완벽한 계획은 세상에 없다

> "죽을 만큼의 시련은 나를 더 강하게 만든다."
> – 니체

　처음 영어교육 사업을 시작한 곳은 우리 집 거실에 붙어있는 작은방인 서재였다. 과외로 시작했던 영어교육 사업은 처음부터 좋은 사무실이 필요 없었다. 우리 집에 놀러 오는 사람들은 내 서재에 잔뜩 붙여놓았던 사업 계획서를 보며 열심히 산다고 웃으며 나중에 추억을 소환하자며 사진을 찍었다.

　영어 원서를 많이 보유하고 있고 책을 좋아하던 나에게 우리집 서재만큼 좋은 일터는 없었다. 주방에 오래 머물러 있던 나였지만, 서재에서 수업 연구하고 수업 부재료를 제작하는 등 자연스럽게 서재에서 머무는 시간이 길어지기 시작했다. 서재에서 혼자 일하면서 일을 감당하기 어려워질 즘, 다니던 교회에서 만난 친한 언니에게 일을 함께하자고 부탁하면서 일의 규모가 점점 커지기 시작했다. 우리 집의 서재가 없었다면 현재의 나도 없었을 것이다. 시작이 너무나 미약하여 나의 시작을 알고 있던 사람들은 현재의 내 모습에 많이 놀라곤 한다. 일이 점차 커지기 시작하면서 많은 사람이 우리 집 서재를 방문하는 것이 부담스러워지기 시작했다. 하지만 현실적으로 사무실 임대료가 더 부담스러웠기 때문에 우리 집 서재에서 나는 1년 정도 자리 잡기로 마음먹었다.

우리 집 서재를 방문한 사람들이 나를 안쓰러운 눈길로 바라볼 때마다 나는 큰 소리로 말했다. "언니들, 애플이 시작된 곳도 스티브 잡스의 차고였어요! 나도 서재에서 시작하던 때를 회상할 때는 세계적인 큰 회사가 되어있을 것이에요." 언니들은 빙그레 웃으면서 이렇게 말했다. "언니는 너의 그 큰 꿈을 응원해! 열심히 해봐!" 그리고 초라한 마음이 들 때 나는 스티브 잡스의 자서전을 읽으면서 더욱 큰 꿈을 그려나갔다. 스티브 잡스가 사업을 시작한 곳은 자신의 집 차고였다. 자동차를 팔아 마련한 돈 700달러가 사업 자금의 전부였다. 스티브 잡스는 자신의 동료이자 친구인 워즈니악에게 이렇게 말했다. "우리는 곧 망할지도 모르지. 그렇지만 단 한 번만이라도 우리의 회사를 가져보자고!" 그렇게 스티브 잡스와 스티브 워즈니악은 차고에서 초라하게 '애플(Apple)'이라는 회사를 시작했다. '이렇게 스티브 잡스도 초라한 자신의 집 차고에서 시작했는데 나는 차고보다 환경이 더 좋은 우리 집 서재에서 시작하는 거야!'라고 생각했다.

함께 일하던 언니들과 서재에서 일하면서 사진을 찍었던 날, 그 시작의 설레는 기분을 지금도 잊을 수가 없다. 함께 일하는 사람들이 많아지기 시작하면서 작은 사무실을 얻었다. 처음 시작하는 사무실을 운이 좋게 좋은 가격에 구할 수 있었다. 자본금이 없었기 때문에 손수 종이 벽지를 벽에 붙이고 인테리어라고 할 것도 없는 간단한 청소 및 작업을 했지만, 그래도 여기서 나와 언니들이 근무할 수 있도록 예쁘게 아기자기하게 꾸몄다. 그렇게 작지만 갖출 건 다 갖춘 아담한 사무실을 갖게 되었다.

지금, 꿈과 성공을 만나는 시간

작은 사무실로 이사한 곳 근처에 단무지 공장이 있었는데 그래서인지 사무실로 찾아오는 손님들로부터 사무실을 오다가 쥐를 만났다는 이야기를 듣게 되었다. 겨울 어느 날, 사무실 화장실에서 우리 아이가 갑자기 소리를 질렀다. 화장실 안에 쥐가 죽어있는 것을 보고 아이가 놀라서 소리를 질렀던 것이다. 그 모습을 본 나도 소리 지르고 함께 일하던 언니가 뛰쳐나와 그 죽은 쥐를 보며 또 소리 지르고 여자들만 있던 우리는 건물 안에서 호들갑을 떨었다. 마침 건물 관리하는 분이 어쩔 줄 모르는 우리를 보고 쥐가 뭐가 무섭냐며 죽은 쥐를 치워주셨다. 그 건물의 사무실 임대료가 저렴했기 때문에 이전할 생각이 없었지만, 그날 이후 아이가 화장실에서 또 쥐를 볼 거 같다고 무서워했고 건물주가 변경되는 등 여러 가지 이유로 인해 이전해야만 했다. 현재 어학원으로 이전하기 전까지 여러 일을 겪으면서 나의 마음속에 성경 구절이 굳게 새겨졌다. 욥기 8장 7절, "시작은 미약하나 끝은 창대하리라!"라는 말씀이다. 처음 서재에서 일을 시작할 때부터 이 구절은 나에게 큰 힘과 위로가 되어주고 있다.

힘든 어려움과 상황을 잘 견디고 이겨내어 성공해서 나도 힘든 일과 어려운 상황을 겪고 있는 사람들에게 도움이 되는 사람이 되고 싶다는 생각도 했다.

만남은 우연한 기회에 찾아온다. 관계는 끊임없이 심고 거두는 것을 반복한다. 모든 만남을 소중히 여기고 선한 행동을 한다면 선함이 배가 되어 다시 나에게 돌아온다.

한 해가 새롭게 시작되는 새해마다 완벽한 계획을 세웠는데 작심삼일로 끝난 적이 있었는지 생각해보자. 지금까지 살아오면서 세운 계획들 가운데 실제로 이루어진 것은 얼마나 되는지도 함께 생각해보자.

영어 공부, 다이어트, 독서, 자기계발 등 철저하고 완벽하게 계획을 세우지만 비슷한 방식으로 매번 실패한다. 과거 경험을 살펴보면 우리는 잘못된 계획을 완벽하게 세웠다는 점에서 실패의 원인을 찾을 수 있다.

그렇다면 이룰 수 있는 계획은 어떤 계획인가? 바로 '작은 계획을 세워 아주 작게 시작하는 것'이다. 작은 계획이 모여 목표가 되고 꿈이 되는 것이다. 완벽한 계획을 세우기보다는 작게 시작하자. 작은 목표를 하나씩 달성해보며 계획이 이루어지는 과정을 즐기자.

올바른 사람이 되어야 하는 이유

"천년만년 살 것처럼 생활하지 말라. 죽음이 너를 맴돌고 있나니. 아직 살아 있는 동안, 여전히 지상에 존재하는 동안, 진정 선한 사람이 되려고 노력하라."
– 마르쿠스 아우렐리우스

엄마 뱃속에서 7개월 만에 나온 칠삭둥이 한명회는 어려서는 사지가 완전치 못하고, 부모님을 일찍 여의어 매우 많은 고생을 했다고 알려진다.

30대 후반이 되어서야 겨우 촉탁으로 미관말직인 경덕궁을 지키고 관리하는 궁지기가 되었다. 어렸을 때 한명회는 허약하고 머리가 크고 못생겨서 아이들로부터 많은 놀림을 당했다. 한명회 부인의 어머니는 너무 한명회의 외모 때문에 자기의 예쁜 딸과 결혼을 반대했다. 하지만 한명회의 영특함을 알아본 민대생이 자기의 딸과 결혼을 강력히 밀어붙여 둘은 결혼하게 되었다. 한명회의 딸들은 어머니의 빼어난 외모를 이어받은 미인이어서 나중에는 왕의 부인까지 될 수 있었다.

한명회와 수양대군의 첫 만남에서 수양대군은 한명회의 외모를 보자마자 인상을 썼다고 한다. 본인의 외모를 잘 알고 있던 한명회가 수양대군에게 재빨리 문서를 넘기는데 그 문서에는 수양대군이 왕이 되기 위해서 없어져야 할 이름들이 적혀있었다.

그 문서를 본 수양대군은 바로 한명회를 책사로 임명하고 '계유정난'을 성공시킨다. 지금 우리는 그 문서를 '살생부'라고 부른다. 수양대군이 세조로 왕이 되자 한명회는 1등 공신이 되어 좌부승지라는 벼슬에 오르고 좌의정을 거쳐 52세 나이로 영의정까지 오르게 된다. 권력의 힘을 알게 된 한명회는 후에 예종이 되는 세조의 둘째 아들과 자신의 딸을 결혼시켰다. 하지만 인과응보로 인해 연산군이 왕위에 오르자 갑자사화 때 연산군의 생모인 폐비 윤 씨를 죽인 주모자로서 부관참시라는 극형을 받기도 했다. 한명회를 가리켜 지략으로 권력의 정점에 우뚝 선 당대 최고 책략가라고 말하기도 하지만, 당대의 의로운 사람들을 죽이고 나라의 백성을 위한 업적보다는 자신의 재산과 권력만 생각한 이기적인 기회주의자, 조선 시대 악한 영향력을 펼친 사람이 아닌가 생각한다.

만약 한명회의 좋은 머리로 나라의 백성을 생각했더라면 선한 영향력을 펼친 위인으로 후세에 정말 존경받을 수 있지 않았을까?

친언니는 25여 년 전 미국에 이민 가서 살고 있다. 형부와 언니에게는 지원이라는 딸이 있는데 어렸을 때도 지금도 언니에게는 큰 자랑이다. 어렸을 때부터 조카는 공부를 참 잘해서 타국에서 힘들게 고군분투하던 언니와 형부는 많은 힘을 낼 수 있었다고 한다. 미국은 도서관이 마을마다 있을 만큼 책에 대한 중요성과 필요성을 강조하는 나라이다. 10여 년 전 지원이가 초등학교 다닐 때 언니에게 책 좀 사달라고 졸라서 언니는 도서관에 있는 책 다 읽으면 사주겠노라 말했다고 한다. 사실 언니는 책값이 비싸기도 하고 형편도 어려워 책 몇 권 사는 것도 부담되어 아이에게 그렇게 말했었다고 한다.

몇 달 뒤 아이가 또 책을 사 달라고 해서 도서관에 있는 많은 책을 다 읽었냐고 물어보니 지원이는 울먹이며 "도서관에 있는 책들 전부 읽었어. 그런데 책을 더 읽고 싶어!"라고 말했다. 결국 서점에 가서 아이가 읽고 싶어 하는 책을 사주었다. 집으로 돌아오는 길에 딸에게 크면 어떤 사람이 되고 싶어 하는지 물어보니, 지원이는 "불쌍하고 아픈 사람들을 도와주는 세계적인 의사가 되고 싶어!"라고 대답했다고 한다. "왜 그렇게 생각했어?"라고 물어보니 딸은 엄마 얼굴을 보며 "엄마가 아픈데 병원을 안 가서 아빠한테 물어보니 미국은 의료보험이 한국처럼 잘 안 되어있어 치료비가 비싸서 못 간다고 했어. 그때부터 결심했어."라고 말했다. 그리고 의사가 되기 위해서는 똑똑해야 하고 그러려면 책을 많이 읽어야 한다고 배웠기 때문에 점점 책에 빠져들었다고 엄마에게 말했다고 한다.

언니는 나에게 지원이에 대해서 이런저런 이야기를 많이 했다. 타국에서 경제적으로 어렵게 살았을 언니를 생각하니 눈물이 나면서도 조카를 참 잘 키웠다는 존경심도 함께 들었다. 조카는 지금 존스 홉킨스 대학생이 되었다. 의사가 되기 위해 열심히 공부하며, 여전히 책을 좋아한다.

얼마 전 미국에서 머무를 때 지원이와 이런저런 이야기를 많이 나눌 수 있었다. 나와 아이가 집에서 심심해하는 모습을 본 지원이가 미국에서 제일 재미있는 곳에 데리고 가주겠다고 했다. 우리는 기대하면서 지원이가 운전하는 차에서 창밖을 바라보고 있었다. 익숙한 건물에 도착한 우리는 그곳이 왜 미국에서 제일 재미있는 곳인지 갸우뚱하며 물었다. "여기가 제일 재미있는 곳이냐?"라는 질문에 "이모! 여기가 얼마나 즐거운데요. 제가 소개해 드릴게요!"라며 건물 안으로 들어갔다. 그곳은 바로 도서관이었다. 그런데 도서관 안에 들어가 보니 꽤 흥미로웠다.

키즈 코너에는 과학, 실험, 아트, 체스 게임 등 다양한 코너들이 있었고 아이가 직접 실험해볼 수 있게 되어있었다. 정해진 시간마다 스토리텔링 시간과 연극이 있어 도서관에서 있던 5시간이 어떻게 지나갔는지 모를 만큼 즐겁게 시간을 보낼 수 있었다. 우리나라 대학생과 미국 대학생이 정말 매우 다르다는 점은 조카와 친구들을 보며 느낄 수 있었다. 매일 새벽까지 공부하는 조카와 친구들을 보면서 "너희는 힘들게 대학교 들어왔는데 놀아야지!"라는 나의 질문에 아이들은 "이제 더 열심히 공부해야 꿈을 이룰 수 있죠!"라고 대답하자 나는 할 말을 잃었다.

우리나라에서는 대학교를 목표로 정말 열심히 공부한다. 초등학교 심지어 유치원부터 사교육과 선행학습으로 원하는 대학교 입학을 목표로 최선을 다하며 공부한다. 그런데 막상 입학하고 나면 목표 달성을 이루었다는 생각으로 많이 흐트러지는 모습을 볼 수 있다. 미국에서는 대학교 입학하면서부터가 진정한 공부의 시작이라고 대부분 생각한다고 하니 문화충격이 아닐 수 없었다. 조카와 친구들에게 "너희는 인생의 목표가 무엇이니?"라고 묻자 "내가 할 수 있는 한 많은 사람을 도와주는 것이 목표입니다."라는 대답을 들을 수 있었다.

그날은 내가 아이들에게 많이 배울 수 있는 귀중한 시간이었으며, 내 인생의 목적도 변경되는 순간이었다. 정말 아이들이 그렇게 멋져 보일 수 없었다. 그리고 한국에서 왜 세계적인 인재가 많이 나오지 않는지도 조금이나마 느낄 수 있었다. 대한민국 청년들은 정말 힘들게 살아가고 있다. 오죽하면 헬조선이라는 말이 나왔겠는가. 이렇게 힘든 삶 속에서도 위대한 희망은 품고 살아가길 바란다. 세계에 도움이 되는 사람이 된다는 것은 성공한 사람이 되겠다는 말이며 성공한 사람에게는 돈과 명예가 자연스럽게 따라온다. 부자가 아닌 선한 영향력을 세계에 떨치는 사람이야말로 진정한 성공의 목표가 아니겠는가.

로마제국의 황제였던 마르쿠스 아우렐리우스는 자신의 저서 『명상』에서 이렇게 말했다. "첫째, 목적 없이 무턱대고 행동하지 마라. 둘째, 공동체에 유익한 것만을 네 행동 목표로 삼아라." 나는 "공동체에 유익한 것만을 네 행동 목표로 삼아라."라는 말이 특히 마음에 와닿았다.

나를 비롯한 모든 사람이 공동체에 유익한 것을 목표로 하다 보면 자신을 비롯해 모든 세상은 살기 좋아질 것이기 때문이다.

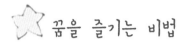 꿈을 즐기는 비법

"현재는 영원의 빛으로 찬란하게 빛나고 있으니까."
– C. S. 루이스

당신 꿈의 목록을 종이에 적어보자. '꿈' 하면 생각나는 단어를 적어보자.

되고 싶은, 하고 싶은 모든 꿈의 목록을 적어보며 단어 옆에 자신의 열정이 얼마나 되는지 별의 수만큼 표시해보자.

엄마표 영어 수업을 하면서 만났던 어머님이 계셨다. 30명쯤 앉아계신 어머님 중 한 분이 내 눈에 띄었다. 우리 엄마보다 조금 젊으신 연세이심에도 불구하고 영어 수업을 받으러 오셨다. 처음 나는 영어 수업을 시작하면서 앞으로의 수업 진행 방향을 영어로 설명했다. 몇십 분이 지난 후에 갑자기 그 어머님이 손을 번쩍 드시면서 말씀하셨다.

"저기, 제가 반을 잘못 온 거 같아요. 저는 영어 초급도 할 수 있는 줄 알았는데 선생님이 말씀하시는 걸 하나도 못 알아듣겠으니 나가야 할 것 같아요." 일어서시는 어머님을 뵈니 우리 엄마가 생각이 났다. 나는 영어 초급부터 가르쳐드리며 이왕 오늘 방문하셨으니 첫 수업은 끝나고 결정하셔도 되실 것 같다며, 조금만 더 수업을 함께해달라고 부탁드렸다. 그리고 첫 수업을 함께했다. 나는 늦었다고 생각될 때가 제일 시작하기 좋을 때라면서 지금이 아니면 영어 배우기가 더 늦어진다고 열심히 설명했다. 처음부터 다시 시작하자고 말씀드리며 영어 발음부터 회화 표현까지 최선을 다해서 알려드렸다. 엄마에게 처음 영어를 알려드릴 때처럼 정말 열심히 알려드렸다.

미국 문화와 다양한 영어 표현을 알려드리며 수업을 진행하면서 어머님의 눈빛이 달라짐을 느낄 수가 있었다. 영어에 대한 열정과 수업에 대한 설렘, 그리고 열심히 배워서 나중에 꼭 영어를 사용해야겠다는 어머님의 눈빛을 두 시간 만에 느낄 수 있었다. 수업이 끝나고 난 후 어머님은 다시 나에게 찾아와 영어를 배우기에는 이미 늦었다는 생각이 들긴 하지만 선생님만 믿고 다시 한번 잘 배워보겠노라고 말씀하셨다. 미국에서 영어를 사용하지 못해 답답함을 느끼고 힘들었다는 엄마의 말이 생각나 나는 어머님의 손을 잡고 최선을 다해서 영어를 쉽게 알려드리겠다고 말씀드렸다.

그리고 몇 주가 흘렀다. 그날은 비가 세차게 내리던 아침이었다. '비가 정말 많이 내리는 날이네.'라고 생각하면서 주차장으로 들어가려는데 택시에서 내리던 어머님을 뵀다. 어머님의 댁이 어디이시기에 택시를 타고 오셨을지 궁금해하면서 강의실로 들어가서 어머님께 인사드린 후 여쭤봤다.

아까 건물 앞에 택시 타고 오셨는지, 택시에서 내리는 걸 봤었는데 혹시 어디 사시는지 물어보니 어머님은 강릉에서 사신다고 하셨다. "강원도 강릉이요?" 나의 물음에 어머님은 "네, 강원도 강릉에서 올라왔어요."라고 하시면서 웃으셨다. 나는 "왜요? 설마 제 수업 때문에 강릉에서 수원까지 매주 화요일마다 오시는 거예요?"라고 놀란 눈으로 여쭤보았다. 어머님은 "선생님 수업 때문에 오기도 하고, 딸 집도 여기 있어서 겸사겸사 올라왔는데, 이제는 선생님 수업 들으려고 오는 거 같아요."라고 말씀하셨다. 놀라지 않을 수가 없었다. 오늘은 강릉에서 아침 일찍 올라오려고 하는데 비가 너무 많이 와서 수원역에서 택시를 탔다고 하시면서 수업이 정말 재미있다고 말씀하셨다.

　나는 어머님의 열정에 놀랐고, 부족한 나의 수업을 받으러 오신 어머님께 정말 감사한 마음이었다. 그날은 더욱 열정적으로 어머님들과 영어 노래를 부르고 패턴 영어도 열심히 익혔다. 어머님이 오셔서 최대한 많이 알아가셨으면 하는 마음으로 최선을 다해서 알려드렸다.

　나 역시 어머님의 뜨거운 열정에 대해 놀랐다. '나도 이렇게 살면서 뜨겁게 최선을 다했던 적이 있었는가?'라고 생각하니 마음 한구석에서 반성의 방이 만들어졌다. 학기 마지막 수업에 어머님이 피자 박스 같은 것을 가지고 오시며 말씀하셨다. "강릉 동해 증편 떡집에서 예약 주문해서 가지고 왔어요. 아주 맛있어서 함께 나눠 먹으려고 가지고 왔어요. 맛있게 드세요." 강릉에서부터 가져오신 떡을 나눠주시며 행복해하시는 어머님을 보면서 그 따뜻하고 아름다운 마음에 감동하였다.

　'로라'라는 아름다운 영어 이름을 가지신 선생님도 얼마 전 베트남 여행을 다녀오셨다. 나이는 숫자에 불과하다는 젊은 생각을 가지신 여사님은 단체 관광이 아니라 직접 몸으로 부딪쳐야 하는 자유 여행을 다녀오셨다. 몇 년 전 이웃이셨고 친분이 있으셨던 베트남 가족 집에도 방문할 겸 평범하지 않은 여행을 다녀오셔서 우리에게 생생한 베트남 여행 경험담을 영어로 들려주셨다.

헬멧 때문에 헤어스타일이 망가졌던 일, 기차가 연착된 에피소드, 연회장에서 한국에서 손님이 오셨다며 노래를 요청하셔서 〈내 나이가 어때서〉를 부르신 일 등등 즐거운 일화를 말씀해주셨다. 베트남 사람들이 살아가고 있는 행복한 일상에서 느꼈던 이야기들을 하나도 놓치고 싶지 않을 만큼 우리는 감동적인 베트남 여행기에 빠져 경청할 수밖에 없었다.

좋아하는 일을 뜨거운 열정으로 하다 보면 어떻게 성공의 길이 안 보일 수 있겠는가. 꿈은 미지근하면 안 된다. 열심히만 해도 안 된다. 뜨겁게 사랑해야 꿈이 선명하게 보이기 시작하면서 밑바탕의 그림을 그릴 수 있게 된다. 오직 당신의 꿈에 대한 생각에 집중하면 꿈에 몰입한 에너지는 엄청난 힘을 발휘하게 되며 당신의 꿈이 이루어질 수 있는 결실을 얻게 될 것이다. 꿈에 대한 생각이 불안하고 분명치 않고 정신이 산만해져 다른 생각의 오지랖이 넘쳐나면 꿈은 흩어져 사라지게 된다. 꿈에 초점을 맞추고 집중하면 꿈을 이루는 것이 기적이 아님을 알게 될 것이다. 결코, 짧은 시간에 꿈이 이루어지진 않는다. 오랜 시간이 걸리고 과정이 힘들더라도 단기 목표에 집중하며 하나씩 달성해보자. 장기 목표인 꿈과 당신의 거리가 점점 짧아지는 것을 느낄 수 있을 것이다.

꿈을 즐기는 비법은 '초단기 목표 달성'이다. 꿈이라는 큰 그림을 완성하려면 초단기 목표 달성이라는 수많은 점을 이어가며 선을 만들어야 한다.

제4장

꿈이 저절로

이루어지는 비결

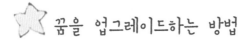 꿈을 업그레이드하는 방법

"성공의 비밀은 평범한 일을 비범하게 행하는 것이다."
— 록펠러

크리스 앤더슨(Chris Anderson)은 파키스탄의 작은 시골에서 태어났다. 인도와 파키스탄, 아프가니스탄, 잉글랜드에서 성장했다. 그는 옥스퍼드 대학을 입학해 철학과 정치학을 공부하였으며 저널리즘에 입문하여 1985년에 컴퓨터 잡지를 창간하였다. 그가 처음 만든 잡지가 성공하자 다양한 정기 간행물을 창간하며 퓨처 퍼블리싱(Future Publishing) 회사를 만들어 급속한 성장을 이루었다. 그는 1994년 미국에 진출하며 비즈니스 간행물을 발행하고 이매진 미디어(Imagine Media)를 세웠다. 2001년 그의 비영리조직 새플링 재단(Sapling Foundation)이 TED 콘퍼런스를 인수하였고, 이후 그는 TED 성장에 집중했다. 그는 TED 콘퍼런스 큐레이터로 일하면서 TED가 정치, 비즈니스, 과학, 예술, 기술 등으로 범위를 넓히는 데 일조했다. 지금은 전 세계 어디에서든 TED 연설자의 강연을 들을 수 있다.

만약 그가 자신의 꿈을 업그레이드하지 않았다면 지금 몇천 개의 멋진 TED 강연을 볼 수 없었을 것이다. 꿈을 크게 생각하는 사람이 더 크게 성공한다. 습관은 사소할수록, 꿈은 클수록 좋다.

나는 얼마 전 힘찬 하루를 위해 5시에 일어나마자 20분씩 사이클을 타는 습관을 들이는 데 성공했다. 아침 운동을 하면 도파민과 세로토닌이 증가하여 스트레스가 감소하고, 에너지가 증가한다는 점을 알고 난 후 습관을 바꾸고 싶었다. 또한, 스트레스를 받으면 만들어지는 호르몬 코르티솔이 경감되어 집중력과 생산성이 향상된다는 좋은 부분들도 많이 알고 나서부터는 더욱 일어나자마자 운동을 하고 싶었다. 하지만 운동을 좋아하지 않으며 새벽형 인간이 아닌 나로서는 듣기만 해도 피곤한, 너무나 힘든 목표였다. 그런데 왜 새벽에 일어나자마자 운동을 못 하는지에 대한 문제를 정면으로 바라보니 문제점이 보이기 시작했다. 나의 목표가 처음부터 너무 높았다. 처음부터 '평생 습관을 만들어 새벽에 운동하기'라는 목표를 세우다 보니 시작할 엄두조차도 하지 못한 것이었다. 생각을 바꾸기 시작했다.

'일주일에 하루만이라도 새벽에 일어나서 운동해보기'에서 '3일로 늘려보기' '일주일에 5일 도전해보기' 등등으로 하루하루 늘려나가다 보니 습관으로 자리하게 되었다. 목표를 세우고 할 수 있는 일을 도전하며 조금씩 자기 생각의 한계에 도전하다 보면 어느새 한계를 뛰어넘어 더 큰 목표를 생각하게 된다. 부족하지만 처음으로 열심히 써 내려간 『하루 10분 놀이영어』 책이 출간되었을 때도 그랬다. 처음부터 책을 출판할 마음으로 글을 쓴 건 아니었다. 처음에 주변 사람들로부터 엄마표 영어를 하면서 읽으면 좋은 책을 추천해달라는 부탁을 받았다. 그래서 이런저런 내용을 종이에 적다보니 내 글씨체가 너무 악필이라 워드로 작성하게 되었다. 이를 프린트하여 나눠준 것이 시작이었다.

그 사람들이 주변 사람들에게 프린트를 복사하거나 사진으로 찍어 알려주면서 한 달에 한 번씩 쓰던 글을 2주일에 한 번, 1주일에 한 번씩 쓰게 되었다. 시간이 지나 자료가 많아지자 사람들이 받았던 종이를 모아 제본하여 지니고 다니는 걸 보고 지인이 말했다. "차라리 책을 만들어 많은 사람에게 '엄마표 놀이영어'를 알려주는 게 어때요? 책이 별거 있나요? 자료를 모으는 게 책이죠." 말도 안 되는 소리라며 손사래를 쳤다. "제 주제에 무슨 책이에요? 책은 작가가 쓰는 거죠. 작가도 아닌데 제가 어떻게 책을 쓰나요? 칭찬은 감사히 받겠습니다."라고 당황하며 말했다. 귀찮아서 블로그도 못 쓰는 사람에게 책이라니 가당치도 않은 말이라고 생각했으나, 경력 단절된 엄마들도 나처럼 꿈을 꾸고 이룰 수 있다는 것을 보여주라며 주변에서 계속 응원해주고, 해낼 수 있다는 긍정적인 마인드를 심어주었다. 이렇게 나는 처음부터 '작가가 되어서 책을 출간할 거야!'라는 마음가짐으로 시작하지 않았다. 큰 꿈이 생겼고 다만 그 꿈을 이루기 위해서 작은 행동과 단기 목표를 조금씩 업그레이드했을 뿐이었다.

지금의 내 목표는 또 업그레이드되었다. 현실에 안주하고 싶은 유혹을 떨쳐내고 다시 피곤하고 힘들어질 줄 알면서도 꿈을 업그레이드하자. 그러다 보면 어느새 높아만 보여서 엄두도 못 낼 큰 꿈에 가까이 있을 것이다. 또한, 꿈을 위해 목표를 업그레이드하다 보면 포기하지 않고 조금씩 단기 목표가 만들어져 큰 목표 즉 꿈이 만들어진다는 사실을 깨닫게 될 것이다. '그냥 이 상태'는 실패를 위한 자기 주문이라는 것을 기억하고 조심하자.

영국 저술가이자 사회개량가로도 활약했던 새뮤얼 스마일스(Samuel Smiles)는 대표 작품 『자조론』에서 위인의 실생활에서 교훈을 인용하여 "하늘은 스스로 돕는 자를 돕는다."라면서, 자기에 대한 진실한 성실이 만인에게 통한다는 신념을 많은 사실에 따라 설명했다. 또한 '얼마나 많은 지식을 가졌는가?'보다 '어떤 목표와 목적을 위해 그 지식을 소유하고 있는가?'라는 질문이 더 중요하다고 말했다.

먼저 이룬 사람의 발자국 따라가기

"모든 업적, 모든 부자는 그들의 생각에서부터 출발한다."
– 나폴레온 힐

어렸을 때 전원주택에 살던 우리 집은 김장 김치를 앞마당 땅속 항아리에 묻어놓고 필요할 때 꺼내 먹었다. 함박눈이 많이 내리는 날이었다. 엄마가 김치부침개를 만들어주신다며 오빠와 나에게 김장 김치를 꺼내오라고 심부름을 시켰다. 문을 열고 밖에 나오니 함박눈이 그때까지도 계속 내리고 있었다. 눈이 무릎 넘어서까지 많이 쌓여서 몇 발자국 걷다가 더 이상 나아가지도 되돌아가지도 못했다. 오빠는 눈 속에서 꼼짝달싹하지 못하는 나의 모습을 보고는 다시 나에게 돌아서 다가오며 말했다.

"지해야, 오빠가 밟고 온 발자국을 똑같이 밟고 잘 따라와."
오빠가 앞장섰고 나는 오빠가 먼저 지나간 발자국을 따라서 엄마가 시킨 심부름을 할 수 있었다. 덕분에 우리 가족은 맛있는 김치부침개와 시원한 동치미 먹고 신나게 눈사람을 만들었다. 나는 자기계발서나 성공학 책을 읽으면 가끔 어렸을 때 그 장면이 뜬금없이 떠오르곤 한다.

주위에서 처음 나를 보면 모르는 사람과 대화도 잘하고 사교성이 좋아 보인다고 말하지만 사실 나는 내성적인 사람이다. 외

지금, 꿈과 성공을 만나는 시간

향적인 사람으로 보이지만 실은 내성적인 나 같은 사람이 어떻게 성공할 수 있는지 궁금했다. 성공한 사람들의 지혜를 어떻게 배워야 할지 몰랐다. 마음으로는 외향적이고 싶으나 몸은 내성적인 사람이라서 존경하는 사람들을 만나도 하고 싶은 말을 이메일로만 작성했다. 그러고도 보내지 못한 메일들이 지금도 메일함에 많이 쌓여있다.

평생 이렇게 살아온 나의 성격을 갑자기 바꿀 수는 없었지만, 나 자신을 이해하려고 노력하기 시작했다. 그리고 다른 여러 가지 방법을 통해 내가 존경하는 사람들의 강연회나 유튜브 영상 등을 열심히 찾아다니며 배웠다. 하지만 미디어를 통한 다양한 방법으로 그들의 지혜를 배웠음에도 여전히 2% 부족하다고 느꼈다. 서점 갈 때마다 자기계발 분야에서 한 권씩 책을 사 모으다 보니, 어느새 거실 책상에 자기계발서나 성공학 책이 많이 자리하고 있다는 사실을 깨달았다. 서점에 있는 모든 성공학 책을 읽었다고 할 만큼 탐독하면서 부족하다고 생각했던 2%가 채워지고 있음을 느꼈다. 모든 미디어의 지식은 책으로부터 나왔다는 생각을 다시 한번 깨달았다.

또한, 나는 성공한 사람들은 그들의 성공을 나누고 공유하고 싶어 한다는 것을 책을 읽으면서 알게 되었다. 나는 어째서 본인이 그렇게 힘들게 배운 성공의 비법을 다른 사람에게 나눠주는지 이해가 안 됐다. 아니 이해할 수가 없었다. 책 한 권에 모든 성공의 비결이 가득 담겨있고 책값만 내면 성공한 사람들을 만날 수 있음이 갑자기 신선하게 느껴졌다. 그들의 성공 경험담을 줌으로써 성공한 사람들이 갖게 되는 것이 무엇인지도 궁금했다. 성공한 사람들은 남을 도와준 일이 세상을 돌고 돌아서 더 큰 행운으로 자신에게 되돌아온다는 것을 잘 알고 있었다. 인맥이 없던 나는 성공한 사람들의 발자국을 따라갈 수 있는 자기계발서를 읽음으로써 그 사람들이 가르쳐주는 삶의 지혜를 간접적으로, 제대로 배울 수 있었다.

아직 현재 진행 중인 나 또한 어떻게 먼저 성공한 사람들을 따라 성장할 수 있었는지 직접 실천했던 3가지를 나눌 수 있음에 행복하다.

첫 번째는 '지금, 바로 시작하자.'

갑자기 아이디어가 떠오르면 종이에 적는 것부터가 시작이다. 머릿속의 생각을 먼저 정리한 후 수첩에 적는 것이 아니라 지금 바로 적기 시작하는 것이다. 바로 지금 시작하면 완벽할 수는 없지만 상관없다. 나중에 완벽해지면 된다. 지금 바로 시작하는 것이 중요하다.

두 번째는 '자신을 빨리 인정하라.'

하워드 가드너(Howard Gardner)는 『창조적 인간의 탄생』에서 "비범한 사람은 자신의 강점과 약점을 파악하는 특별한 재능을 지녔다."라고 말하고 있다. 자신이 부족한 점을 빨리 인정해야 배울 수 있고 잘하는 점을 알아야 특별한 능력을 더욱 뛰어나게 만들어낼 수 있다. 자신을 정확하게 파악하는 사람들은 스스로 변명하지 않으며 통찰력 또한 남다르다.

마지막 세 번째는 '현재 과제를 즐기자.'

진부한 이야기처럼 들리겠지만, 학생이라면 아무리 며칠 밤을 꼬박 새우더라도 공부가 즐겁지 않다면 배움을 즐기는 아이들을 따라잡을 수 없다. 『논어』의 제6장 「옹야(雍也)」 편에서 나오는 말로 다음과 같다. "子曰 知之者不如好之者, 好之者不如樂之者 (지지자불여호지자, 호지자불여락지자). 이처럼 공자께서는 말씀하셨다. 아는 사람은 좋아하는 사람만 못하고, 좋아하는 사람은 즐겨 하는 사람만 못하다." 서양에도 "천재는 노력하는 사람을 이길 수 없고 노력하는 자는 즐기는 자를 이길 수 없다."라는 명언이 있다.

이처럼 동서양에서 모두 배움의 경지를 세 단계로 나누어 말하고 있다. 처음부터 좋아하고 즐길 수 있는 배움은 이 세상에 존재하지 않는다. 처음 운동을 시작하자마자 단단한 근육이 생길 수 없는 것처럼, 하루에 10분씩 조금씩 늘려나가면서 1시간, 3시간 매일 반복해서 하다 보면 그 일을 잘할 수 있게 되며, 잘하기 때문에 그 일을 즐기게 되는 것이다.

수많은 자기계발서와 성공학 책을 읽으면서 그들이 알려주는 방법은 같은 방향을 가리키고 있었다. 자신을 바로 알고 배우는 것을 지금 바로 시작하는 것이다.

나 또한 나 자신을 제대로 인정하고 난 후 내가 부족한 부분과 좋아하고 잘하는 부분을 발견하게 되었다. 먼저 이룬 사람들의 말처럼 나는 평소보다 30분 일찍 일어났고, 일어나자마자 노트북을 켜고 머릿속에 떠오르는 글을 무작정 쓰기 시작했다. 엉망이었다.

처음 쓴 글을 읽고 난 후 아무도 보여주지도 않았던 내 글을 소리 내어 읽고 나서는 스스로 너무 부끄러워 얼굴이 홍당무처럼 빨개졌던 기억이 아직도 선명하다. 매일 반복하여 아침에 글을 쓰면서 결국은 내 생애 첫 번째 책도 출간하게 되었다. 너무도 부끄럽고 자신 없던 나 자신에게 나는 스스로 말했다.

"지금 시작하고 나중에 완벽해지자!" 그렇게 매일 아침 글 쓰는 일이 습관이 되었다. 지금도 아침에 일어나면 글을 쓰거나 책을 읽거나 운동을 하고, 블로그에 '원어민 영어 표현' 관련 글들을 올리고 있다. 먼저 성공한 사람들의 책을 읽지 못했다면 나는 예전의 나처럼 2% 부족한 아주 평범한 삶을 살아가고 있었을 것이다. 하지만 나는 그들의 어깨 위에서 시작했기 때문에 남들보다 빨리 성장하고 있다고 생각한다. 나 또한 그들처럼, 누군가가 나의 어깨 위에서 시작하길 바라는 마음으로 글을 쓰고 있다. 누군가가 안전한 지름길을 알려준다는데 굳이 먼 길을 돌아서 갈 이유는 없다.

성공한 사람들이 먼저 가본 안전한 발자국, 당신도 지금 그 발자국을 따라 행복하고 빠르게 성공할 수 있다고 믿는다.

꿈이 현실이 되는 시각화의 기적

> "부는 마음의 상태고, 누구든지 부자의 생각을 함으로
> 써 부유한 마음의 상태를 얻을 수 있다."
>
> – 에드워드 영

　시각화는 당신이 가지고 있는 최대의 금광이다. 꿈이 있다면 꿈이 이루어진 것처럼 머릿속에 그림을 그려보자. 나는 꿈을 상상하기 전 먼저 흰색 종이와 펜을 준비한다. 낙서처럼 간단히 내가 원하는 모습을 그려보는 시간을 좋아한다. 운동선수들도 직관의 시각화를 자주 한다는 신문 기사를 읽은 적이 있다. 미국 천재 프로 골퍼 타이거 우즈는 홀마다 머릿속으로 스윙을 그려본 후 샷을 날렸다고 한다. 커리어 그랜드 슬램을 3번이나 달성하여 골프의 제왕이라고도 불리는 잭 니클라우스도 "연습할 때조차도 집중력을 발휘해 완벽한 스윙을 그려보는 과정 없이 날린 샷은 단 한 번도 없었다."라고 말했을 정도로 시각화를 중요하게 생각했다.

　나의 목표는 현재보다 좀 더 나은 삶, 더 만족스러운 행복한 삶을 사는 것이다. 일어나지 않은 문제를 걱정하고 경제적인 여유를 누리지 못한 삶과 이별을 해야만 했다. 이별하기 위해서는 효율적인 방법이 필요했는데 그 방법이 바로 시각화였다. 먼저

부정적인 생각을 차단했다. 그리고 감정에 휘둘리지 않도록 마음이 안정되는 심호흡을 연습했다. 마지막으로 원하는 삶을 그림으로 표현했다. 잘 그릴 필요도 색칠할 필요도 없다. 원하고, 되고 싶은 장면을 상상하며 종이에 그리면서 현재보다 나은 삶을 살 수 있는 비결이 '시각화'라는 것을 알게 되었다.

결혼식을 올린 후 얼마 지나지 않아서 시댁에 갔을 때 어머님이 어떤 글이 적힌 종이를 나에게 주셨다. 어머님께서는 이제 막 결혼한 너희들이 읽었으면 하는 글이라 준비했다고 하셨다. 그 글은 『탈무드』에 나오는 「어머니의 편지」였다. 어느 유대인 어머니가 결혼을 앞둔 딸에게 보내는 편지였다. "사랑하는 딸아, 네가 남편을 왕처럼 섬긴다면 너는 여왕이 될 것이다. 만약 남편을 돈이나 벌어오는 하인으로 여긴다면 너도 하녀가 될 뿐이다. 네가 지나친 자존심과 고집으로 남편을 무시하면 그는 폭력으로 너를 다스릴 것이다. 만일 남편의 친구나 친족이 방문하거든 밝은 표정으로 정성껏 대접해라. 그러면 남편이 너를 소중한 보석으로 여길 것이다. 항상 가정에 마음을 두고 남편을 공경해라. 그러면 그가 네 머리에 영광의 관을 씌워 줄 것이다."라는 내용이었다.

어머니가 주신 그 종이를 설거지하거나 가족들 음식을 차려줄 때 잘 보이는 주방 한 곳에 잘 붙여두었다. 그리고 글을 읽으면서 나도 내 아이들이 결혼하여 아내를 맞이할 때 어머님처럼 지혜로운 시어머니가 되고 싶다고 생각했다. 그 종이를 우리 부부가 늙으면 꼭 가보려는, 아름다운 바다 배경에 노부부가 있는 그림 액자에 붙여놓았다. 그리고 서로 이야기했다. 건강하고 우아하고 지혜롭게 이 그림처럼 나이를 먹고 꼭 저 바다에 함께 가서 저 그림처럼 앉아서 이야기를 나누자고. 가끔 남편과 살면서 대화가 안 될 때 어머님이 주신 종이와 그림 액자를 다시 한번 읽어보면서 서로를 이해하려고 노력한다.

우리는 시각화가 얼마나 큰 힘인 줄 잘 알고 있다. 아내는 누구보다 남편에게 많은 영향을 주는 사람이다. 인생의 파트너인 남편에게 사랑과 애정을 가득 준다면 남편의 인생뿐만 아니라 부부의 인생에서 서로 영향력 있는 사람이 될 것이다. 만약 남편을 소홀히 하고 자녀에게만 모든 정성과 사랑을 쏟게 된다면 외부에서 가정으로 침범하는 바이러스에 감염되어 쓰러질 수 있는, 면역력이 약한 가정이 되고 말 것이다. 배우자를 선택하는 일은 인생에서 가장 중요한 선택이다. 배우자를 현명하게 선택하는 일은 정신적인 면부터 경제적인 면까지 두 개의 인생 지도를 하나로 합쳐 제대로 만드는 일이다.

자녀에게 최고의 선물 또한 배우자를 진정으로 사랑하는 것이다. 시각화는 내가 원하고자 하는 일의 좋은 결과를 상상하면 되는 누구나 할 수 있는 쉽고 간단한 방법이다. 당신의 꿈을 이룰 수 있는지 지금 바로 시각화를 시작해보자.

생각보다 강력한 메모의 힘

"성공은 매일 부단하게 반복된, 적은 노력의 합산이다."
– 괴테

아이와 함께 타고 다니는 자동차 안에 메모장이 있는데 메모장 앞에는 다음과 같이 적혀있다. "무엇이든 쓰면 이루어지는 메모장" 글로 적는 힘이 엄청나다는 것을 깨닫고 나는 아이에게도 좋은 습관을 만들어주려고 했다. "애야, 원하는 것이 있다면 메모장에 적어봐, 그럼 네가 원하는 것들이 이루어질 거야. 물론 게임을 많이 하고 싶다거나 하루 종일 만화영화만 보고 싶다는 등, 너에게 좋지 않은 것들은 이루어지지 않겠지. 결과적으로는 너에게 안 좋으니까 말이야. 이 마법의 메모장은 너에게 좋을 것들만 이루어지는 마법 같은 메모장이란다." 아이는 말도 안 된다며 믿지 않았으나 바로 볼펜을 가지고 메모장에 "엄마가 마인크래프트 게임을 시작해서 온 가족이 함께 게임 하면 행복할 거 같아요."라고 썼다.

아이가 쓴 메모를 보자마자 엄마가 게임을 할 리가 없다는 표정으로 아이를 쳐다보았다. 하지만 아이가 글을 쓰는 힘을 믿었으면 좋겠다는 생각에 그날로 마인크래프트 게임을 설치하고 바로 해보았다. 쉽게만 생각하던 마인크래프트는 쉬운 게임이 아니

지금, 꿈과 성공을 만나는 시간

었다. 책과 유튜브를 찾아보며 마인크래프트를 공부하고 며칠 뒤 저녁을 먹고 난 후 아이와 함께 게임을 즐겼다. 다음날 아이가 차에 놓여있는 메모장을 보면서 나에게 놀라는 표정으로 말했다. "엄마! 엄마 말이 진짜였어요! 우리 가족이 함께 게임 하고 싶다고 메모장에 적었는데 진짜 이루어졌어요! 와! 적는 힘이 엄청 대단하구나!" 아이는 흥분하여 "받아쓰기 100점 받고 싶어요!", "친구 생일 파티에 초대받았으면 좋겠어요!" 등을 행복한 표정으로 적어나갔다.

그림을 조금 그릴 줄 알았고 사회 문제에 관심이 많지만 뛰어난 능력을 갖추진 못했던 한 남자가 있었다. 젊은 시절 그는 공장에서 말단 직원으로 근무했다. 하지만 그는 꿈이 있었고, 꿈을 꾸는 스스로를 믿었다. 공장 사무실의 작은 책상에서 그는 매일 10분씩 시간을 내어 자신의 꿈을 글로 적었다. "나는 반드시 유명한 시사 만화가가 될 것이다!' 오랜 기간 글귀를 반복해서 쓰면서 그의 자신감은 더욱 올라갔고 그 믿음은 작은 실천의 원동력이 되었다. 틈틈이 그린 자신의 만화를 각종 출판사에 투고했다가 거절당하면서도, 절대 포기하지 않았다. 그는 계속 자신의 꿈을 글로 반복하여 쓰면서 다른 방법을 모색했다. 블로그를 운영하며 자신의 만화를 올리면서 사람들의 의견을 받았다.

결국, 그는 기회를 얻어 그 지역 중앙지에 연재하게 되었다. 또한 다른 지역에서도 그의 만화가 알려지기 시작했다. 이 사람이 바로 미국 최고의 시사 만화가인 스콧 애덤스이다. 꿈을 이루고 싶다면 일단 지금 당장 할 수 있는 작은 실천부터 시작해라. 5분 동안이라도 자신의 꿈을 반복하여 적다 보면 적은 글귀가 이루어지는 경험을 스스로 하게 될 것이다.

　지금까지 책을 통해 다양한 분야의 성공한 사람들을 많이 만나면서 그들의 공통점을 찾을 수 있었다. 그들은 확고한 꿈을 가지고 그 꿈을 이루기 위해서 그것을 적었다. 성공한 작가이자 기업가는 자신이 다짐하는 내용을 글로 적으면서 더 큰 성공을 이룰 수 있었다고 나에게 알려주었다. 희망도 꿈도 없었던 그는 누구보다 치열한 삶을 살면서도 가난을 벗어날 수 없었다고 한다. 그는 긍정적으로 사고할 수 있도록 자기계발서를 탐독했으며 마음속에 성공에 대한 확신을 뿌리내릴 수 있도록 그것을 적어보며 성공하는 밑거름이 되는 습관을 유지했다고 한다. 나 또한 변화하고 싶었기에 다짐하는 내용을 글로 적어보며 간단한 선언문을 작성하였다. 내가 바라는 내용을 글로 옮기자 놀라운 일들이 일어났다. 내가 바라고 희망하는 일들이 조금씩 일어나고 있음을 나 또한 느낄 수 있었다.

　교육 사업하면서 어려운 시기를 겪었을 때 일이다. 앞으로의 길이 너무 어려워, 한 발자국도 옮기기도 힘들 때 나는 긍정의 말들을 '비전 보드'라고 이름을 붙인 판에 적어서 무조건 붙이기 시작했다. 너무 힘들고 하소연할 곳이 없어서 이러다가는 정말 망할 것 같은 두려움이 느껴졌지만, 긍정적인 생각만, 앞으로의 큰 꿈만 생각하며 나의 모든 꿈을 적어서 내가 잘 보이는 곳에 걸어놓았다. 상담이 있던 어느 날 고객이 나의 보드를 빤히 쳐다보며 "이게 말이 된다고 생각하세요?"라며 물었다. 물어보면서 본인이 생각하기에도 심하게 말한 것 같아서 "아니, 저는 그냥 적어놓으신 꿈이 너무 터무니없는 것 같아서 저도 모르게 그만." 이라며 말끝을 흐리셨다. 그 당시 어느 누군가가 보아도 어처구

니없어 보이는 꿈 목록이었다.

나는 미소를 지으며 "꿈을 꾸고 말하고 적었으니 이제 행동으로 실천하는 일만 남아있어요."라고 말했다. 나의 대답에 머리만 갸우뚱하시는 고객을 보며 난 살짝 부끄러웠다. 그래서 고객이 가자마자 비전 보드를 나만 잘 볼 수 있는 곳으로 옮겼다. 아직 나의 꿈은 사람들이 보기엔 너무 터무니없어 보이는 것 같아 속상했다. 하지만 지금 돌이켜봤을 때 그때 적은 목록은 실제로 이루어졌다. 이에 나의 비전 보드의 세계가 틀리지 않았다는 것을 확신했다.

다짐하는 내용을 글로 적는 힘을 나는 그다음부터 절대 부끄러워하지 않게 되었다. 내가 적은 내용은 곧 현실이 되어 다가온다는 것을 나는 이미 경험해봤기 때문이다.

미국 화장품 회사 '메리케이'의 창업자 메리 케이 애쉬 회장은 세 아이의 엄마였다. 퇴근하기 전 그는 다음날에 해야 할 일 6가지를 적고 순위를 매긴다. 다음 날 처리해야 하는 중요한 일부터 다른 사람에게 지시해야 하는 일까지 순위를 매기고 시간을 낭비하지 않는다. 가정과 일을 동시에 해내기 위해 새벽 5시에 일어나 남들보다 빨리 하루를 시작한다.

오늘날 개인의 목표를 가장 극적으로 성취한 사람이라 불리는 존 고다드는 이렇게 말했다. "꿈을 이루는 가장 좋은 방법은 목표를 세우고, 모든 것을 집중하는 거야. 그렇게 하면 단지 희망 사항이었던 것이 '꿈의 목록'으로 바뀌고, 다시 그것이 '해야만 하는 일의 목록'으로 바뀌고, 마침내 '이루어 낸 목록'으로 바뀐단다. 꿈을 가지고 있기만 해서는 안 돼. 꿈은 머리로 생각하는 것이 아니란다. 애야, 가슴으로 느끼고 손으로 적어 발로 뛰는 게 꿈이지." 이루고 싶은 꿈을 적는 것에서부터 꿈의 이야기가 시작된다. 지금도 메모는 생활 일부이다. 여전히 끊임없이 작은 노트에 갑자기 생각나는 아이디어를 적고 있다. 메모하기 전 나의 기억은 유통기한이 있었다. 자주 깜박하는 나에게 메모라는 습관이 생기면서 아이디어의 유통기한이 사라졌음을 알게 되었다.

메모 습관은 당신의 생각을 변화시켜 예전의 인생과 달라지게 만든다. 생각보다 강력한 메모 습관을 지녀보자.

독서로 미리 경험하는 마법 같은 성공

> "부자들은 작은 TV와 큰 도서관을 가지고 있고, 빈자
> 들은 작은 도서관과 큰 TV를 가지고 있다."
>   – 지그 지글러

  초등학교 1학년 아들이 하교하는 시간에 맞춰 학교로 가던 길
이었다. 친한 동생으로부터 전화가 걸려왔다. 둘째가 이제 막 돌
이 지났다는 이야기, 여러 가지 육아와 일상 이야기 등을 하던
중 동생이 나에게 물었다. "언니! 언니는 어떻게 해서 책도 쓰고
영어도 공부하고 그래? 무엇이 언니의 인생을 바꾸게 했어? 나
도 좀 알려줘. 둘째 키우면서 나도 해보게." 동생의 질문에 생각
지도 않고 바로 "독서! 책을 읽고 내 삶이 바뀌었어."라고 대답
했다. 너무 흔하고 뻔한 대답을 들은 동생은 "언니~ 내 취미도
독서야. 누구나 할 수 있는 말 말고... 진짜 내가 궁금해서 그래.
지금 내가 아이들을 키우면서 어떻게 나도 공부할 수 있는지. 솔
직하게 누구에게도 말하지 않은 언니만의 꿈을 이룰 수 있는 그
런 비법과 노하우 좀 알려줘."라고 말했다. 동생에게 진지한 목
소리로 대답했다.

  "책을 읽지 않았다면, 나는 꿈이라는 건 잠잘 때만 꿀 수 있는
거라고 생각하며 세상에 불평불만만 가득한 부정적인 사람이었

을 거야. 정말 독서가 나의 인생을 변화시켰어. 그냥 시간 보내기 식의 독서가 아닌 절실한 독서가 지금의 나를 만들었고 지금도 계속 성장시키고 있어. 아마 나는 죽을 때까지 책을 읽으며 평생 배우면서 살 거라고 생각해." 진심으로 말하는 나의 목소리에 동생은 조금 당황하며 계속 귀를 기울였다. 동생에게 생존 독서에 관하여 여러 가지 조언과 팁을 말하면서 나 스스로도 내 삶을 이끌어주는 것이 독서라는 사실을 새삼스레 다시 한번 느끼게 되었다.

나 또한 결혼하고 아이가 태어나자 자연스럽게 회사를 그만두었다. 육아에 전념하던 어느 날 갑자기 경력이 단절되어 계속 집에만 있던 나에게 공허함이 크게 찾아왔다. 이렇게 공허함이 찾아올 때면 '우울감'도 자연스럽게 따라왔다. 육아는 오직 아이가 건강하게 잘 자라기 위한 과정이었고, '이지해'라는 내 이름보다는 '찬이 엄마'라고 더 많이 불려 나의 정체성이 점차 줄어들고 있음 또한 느끼고 있었다. 나를 위한 시간이 필요하다고 생각했지만, 하루 대부분을 아이를 위해 바쁘게 보내면서 생각을 바꾸기 시작했다. 날씨 좋은 어느 봄날이었다. 아이와 함께 집 앞 산책을 나왔는데 꽃들이 많이 피어있는 곳으로 아이의 발걸음이 향하다 보니 어느새 우리는 집에서 가까운 도서관 앞까지 왔다. 아이의 시선은 꽃에서 개미로 향했다. 계속 땅만 파고 있는 아이를 지켜보면서 봄날의 따스한 햇볕이 그날따라 엄마의 품처럼 포근했다.

개미 관찰에 힘쓰고 있던 아이를 보던 중, 우리가 현재 도서관 앞이라는 사실을 깨달았다. 그래서 아이에게 개미에 관한 이야기책을 들려주려고 도서관 안으로 들어갔다. 유아방에서 열심히 책

지금. 꿈과 성공을 만나는 시간

을 읽어주면서 아이의 이야기책에 나 또한 빠져들었다. 3시간이 어떻게 지나갔는지도 모를 만큼 우리는 유아 도서관에 비치된 개미에 관련된 모든 책을 읽으며 개미에 빠져있었다. 아이와 내가 함께 즐기고 성장할 방법을 찾았고 그렇게 우리는 책의 바다에 빠져들었다. 그 후 책에 몇 년 동안 빠져있다 보니 생각하고 사색하며 느낀 점을 책에 적는 내가 되어있었다. 책을 읽으면 읽을수록 좋은 책들이 많이 쏟아져 나왔고 저자가 영향을 받은 작가의 작가를 찾다 보면서 결국은 고전이라는 목적지에 도착하게 되었다. 고전을 곱씹어 읽어보며 생각하는 깊이가 깊어졌다는 것을 느낄 수 있었다.

결혼해도 아이를 낳아도 나는 계속 회사에 다니고 싶었다. 해외 영업을 하면서 체력적으로나 어려운 일을 많이 겪어 힘들었어도 타국에 우리나라 중소기업의 물건을 수출하면서 작게나마 애국하는 마음이 들었다. 어렵게 바이어와의 거래를 성사시키고 공장에서 컨테이너에 물건을 실을 때 '자식을 잘 키워 먼 타국으로 공부시킬 때의 자랑스러운 느낌이 이런 느낌일까?'라는 생각이 들 만큼 뿌듯했다. 이렇게 나는 내가 하는 일에 만족했고 앞으로도 계속 근무하고 싶었다. 하지만 배 속의 아이가 좀 더 일찍 나오면서 아이 건강에 대한 걱정이 나에게 회사를 그만두게 만들었고, 집에서 오롯이 아이 육아에만 전념하게 했다.

집에서 아이를 키우면서 몇 년 동안 정말 많은 책을 읽는 소중한 시간이 계속되었다. 오랜 시간 책을 읽으면서 손목이 자주 아팠는데, 그럴 때는 오디오 북이나 독서대를 자주 이용하면서 책 읽는 즐거움을 느꼈다. 독서를 하면서 내 생각이 변하고 습관이 바뀌면서 나 스스로도 변화된다는 것을 깨닫게 되었다. 책을 즐겨 읽기 전에는 독서란 시간이 있어야 하는 취미 활동인 줄 알았다. 하루에 적어도 한 시간 정도 시간이 나야 독서를 제대로 할 수 있는 줄 알았다. 하지만 하루에 10분씩 늘 손에 책을 가지고 다니면서 책을 읽는 습관이 들었다.

지금 초등학생이 된 내 아이가 책을 재미있게 읽고 있는 모습을 보고 누군가 물었다. "어떻게 아이가 책을 좋아하게 되었는지, 어떻게 하면 책 읽는 아이로 키울 수 있는지 알려주세요." 나는 아이가 심심하니까 책을 읽게 되었다고 말하며 심심할 시간을 아이에게 주라고 말했다. 내 아이를 포함한 요즘 아이들은 정말 바쁘다. 학교 끝나고 태권도 가야 하고 영어 학원에 피아노 등등…. 다른 아이들이 다 하고 있는데 우리 아이만 안 시키면 안 될 것 같다고 생각한다. 만나는 아이들 엄마마다 시간이 늘 부족하다는 이야기를 한다. 평일에 시간이 부족해서 주말에도 학원 다니느라 바쁘다는 엄마들과 이야기하면서 그럼 나머지 시간에는 무엇을 하는지 여쭤보니 아이가 원하는 것을 하게 해준다고 한다. 대부분 아이는 핸드폰 게임을 원하는데, 평일에 학원 다니는 모습이 안쓰러웠기에 게임하는 것을 매번 허락해준다고 한다. 나도 일하는 엄마로서 엄마들의 말을 충분히 이해한다. 그럼 아이가 원하는 학원만 다니게 해준다면 미안한 감정이 덜하지 않을까? 나는 이런 생각을 하면서 아이에게 말했다.

"네가 다니고 싶은 학원만 다니고 나머지 시간에는 네가 책을 충분히 볼 수 있도록 집에서 책을 읽거나 도서관에 가는 건 어떨까? 네가 선택하는 거야. 하지만 엄마와 약속한 기간만큼은 반드

지금, 꿈과 성공을 만나는 시간

시 지켜야 해.” 이후 배움을 쉽게 포기하지 않도록 약속을 상기시켜주었다. 그렇게 아이는 하루하루 배우고 싶어 하는 것을 실컷 배우고 난 뒤 심심할 때마다 책을 읽었다. 지금도 책을 좋아하는 아이로 자라고 있고, 이 방법으로 즐겁게 책을 읽는 아이들도 많이 볼 수 있었다. 아이는 재미있게 책을 읽다가 갑자기 나에게 다가와서 말하기도 한다. “엄마! 책 읽기는 놀이야!” 내가 “갑자기 무슨 소리야?”라고 물으면 아이는 빙그레 웃으며 대답한다. “심심할 때 책을 읽으면 시간이 게임을 할 때처럼 빨리 지나가고 책의 내용도 상상도 하고 어쨌든 책은 놀잇감이 확실해!” 장난기를 가득 품은 평범한 개구쟁이 남아이지만 책을 놀이처럼 읽는 아이의 미래가 정말 기대된다.

성공한 사람들을 만나보면 독서라는 공통점을 찾아볼 수 있다. 독서하는 지도자들은 늘 겸손하다. 세상에 성공한 수많은 사람을 책을 통해 만나면서 그들에게 가르침과 지혜를 배우기 때문이다. 책을 읽고 성공했지만 겸손하지 못한 사람은 만나본 적이 없다.

독서는 당신의 꿈을 이루기 위해 꼭 필요한 영양제 즉 밑거름이다.

노력은 성공의 연료이다

"아무도 신뢰하지 않는 자는 누구의 신뢰도 받지 못한다."

– 제롬 블래트너

얼마 전 아이와 함께 대형마트에 갔을 때 일이다. 핼러윈 데이가 얼마 남지 않아서인지 그와 관련된 사탕과 초콜릿, 과자들이 있었다. 시식 코너에서 일하시는 아주머니의 시식하고 가라는 소리에 우리 카트는 자연스럽게 그쪽으로 향했다. 아이는 아주머니가 홍보하시는, 호박 그림과 박쥐 그림이 그려진 프레첼을 맛보았다. 짠맛이 강했지만, 맛있다고 한 번 더 먹어도 되냐는 아이의 말에 아주머니는 흔쾌히 과자를 더 내어주시면서 이렇게 말씀하셨다.

"내가 아이를 키워보니까 어릴 적 아이에겐 멋진 장난감과 멋진 옷도 필요하지만, 무엇보다 즐거운 시간을 함께 보내는 게 필요해요. 내 아이가 크고 나니 가족과 함께한 즐거운 추억이 더 큰 기쁨이 된다는 것을 느낄 수 있었어요. 특히 이렇게 특별한 날에 아이와 재미있게 생긴 과자를 먹으며 재미있는 이야기를 들려준다면, 아이가 정말 잊지 못할 즐거운 날을 간직할 수 있어요." 그러면서 맛있게 과자를 시식하는 아이들에게 물었다.

지금, 꿈과 성공을 만나는 시간

"맛있어요? 왜 이 과자가 박쥐하고 호박 모양인 줄 알아요? 유령이나 귀신들이 박쥐나 호박을 무서워한대요. 그리고 빨간색도 무서워서 멀리서 박쥐 모양과 호박 모양만 봐도 멀리 달아난대요. 그러니까 우리 친구들이 이렇게 생긴 과자를 먹고 있으면 핼러윈 데이에 유령들이 친구들 근처에 얼씬도 못 해요!" 시식하던 아이들은 얼굴에 흥미진진함이 묻어난 표정으로 아주머니의 이야기를 경청했다. 나는 그분의 이야기를 들으며 영업을 참 잘하신다고 생각했다.

영업을 잘하는 사람은 파는 물건을 샀을 때의 좋은 기분과 행복한 상상을 할 수 있도록 만드는 사람이다. 과자를 사면서 나는 그분께 재미있는 이야기, 좋은 말씀 감사하다는 인사를 했다. 아이와 집에서 그 핼러윈 과자를 먹을 때도 그분이 생각났다.

핼러윈 데이는 원래 기원전 500년경 아일랜드 켈트족의 축제에서 유래되었다. 켈트족은 사람이 죽어도 그 영혼이 1년 동안 다른 사람의 몸속에 있다가 내세로 간다고 믿었다. 켈트족의 새해 첫날은 11월 1일이었기에, 한 해의 마지막 날인 10월 31일 죽은 영혼들이 1년 동안 자신에게 들어오지 못하게 하려 했다. 그래서 귀신 복장을 하고 집안을 무섭게 만드는 등, 죽은 사람의 영혼이 들어오는 것을 막으면서 생긴 풍습이 핼러윈 데이의 유래이다. 한편, 아주머니가 말씀하신, 핼러윈 데이에 등장하는 호박 등인 잭오랜턴의 유래는 이렇다. 옛날 술 잘 먹고 교활한 잭이라는 사람이 악마를 골탕 먹이고 죽었다. 앙심을 품은 악마는 그를 천국도 지옥도 가지 못하게 했고 결국 잭은 추운 날씨의 아일랜드에서 암흑 속을 방황했다. 너무 추운 잭은 악마에게 사정하여 숯을 얻어서 순무 속에 넣고 난로 겸 랜턴을 만들어서 따뜻함을 느낄 수 있었다고 한다. 나는 매년 하는 영어유치원 행사에서 아이들에게 핼러윈의 유래를 설명해줘야 했기 때문에 이런 유래를 누구보다 잘 알고 있었지만, 아주머니가 해주시는 이야기가 더 재미있고 유쾌했다. 그런 아주머니를 보면서 처음 해외 영업을 하며 인터넷 카페에서 우연히 보고 마음에 들어 책상에 붙여놓았던 글이 생각났다. 대략 이런 내용이었다.

"내게 옷을 팔려고 하지 마세요. 대신 좋은 인상, 멋진 스타일, 매혹적인 외모를 팔아주세요. 내게 보험을 팔려고 하지 말아요. 대신 마음의 평화와 내 가족을 위한 미래를 팔아주세요. 내게 집을 팔 생각은 말아요. 대신 안락함과 만족감 그리고 되팔 때의 이익과 소유함으로 얻을 수 있는 자부심을 팔아주세요. 내게 장난감을 팔려고 하지 말아요. 그 대신 내 아이들에게 즐거운 순간을 팔아주세요. 내게 컴퓨터를 팔 생각은 하지 말아요. 대신 기적 같은 기술이 줄 수 있는 즐거움과 유익을 팔아주세요. 내게 타이어를 팔려고 하지 마세요. 대신 기름을 덜 들이고 걱정에서 쉽게 벗어날 수 있는 자유를 팔아주세요. 내게 비행기 표를 팔려고 하지 말아요. 대신 목적지에 빠르고 안전하게 그리고 제시간에 도착할 수 있는 약속을 팔아주세요. 내게 물건을 팔려고 하지 말아요. 대신 꿈과 느낌, 자부심과 일상생활의 행복을 팔아주세요. 제발 내게 물건을 팔려고 하지 마세요."

영업하는 사람이라면 꼭 마음에 새겨야 할 소중한 마음가짐이다. 꿈에 가까이 다가가는 방법은, 사람의 마음을 즐거운 추억으로 채워줘야 한다는 아주머니의 말처럼 '진심'이 있어야 한다. 결국, 진심을 동반한 노력은 통하게 되어있다.

얼마 전 아이가 참가하는 피아노 연주회에 다녀왔다. 속도는

느리지만, 차근차근 즐겁게 배워나가는 아이를 바라보며 우리 부부는 마냥 행복한 시간을 보냈다. 그런데 참가자 중에서 낯익은 이름이 눈에 들어왔다. '설마 내가 아는 그분인가?'라는 생각을 하자마자 그분이 무대에 올라왔다. 어학원 건물 6층 도서관의 관장님이었다. 무대에서 멋지게 피아노를 연주하시는 모습에 난 그대로 반해버렸다. 연주도 감동적이었지만 관장님이 젊게 사시는 비결을 그날 찾을 수 있었다.

조선 최고의 학자이며 과학 사상가인 혜강 최한기는 대략 1,000권의 책을 썼다고 알려져 있다. 그는 책을 읽고 공부하고 연구하는 데 그가 가진 모든 돈을 투자한 것으로도 유명한 학자이다. 무엇 때문에 그렇게 책을 많이 읽는지 궁금해하는 사람들에게 그는 이렇게 대답했다. "가령 이 책을 쓴 사람이 나와 동시대에 사는 사람이라면 천 리라도 불구하고 찾아가야 할 텐데, 지금 나는 아무런 수고도 하지 않고 가만히 앉아서 그를 만날 수 있네. 책을 사는 데 돈이 많이 들긴 하지만 양식을 싸 들고 멀리 찾아가는 것보다는 훨씬 낫지 않은가?" 그의 유명한 말이 저절로 생각나는 아름다운 배움과 관장님의 연주였다. 어떤 사람인지 누군가에게 말해주기는 쉽지만 직접 행동을 보여주는 건 참으로 어려운 일이다. 나이를 잊게 하는 배움의 즐거움을 직접 보여주신 관장님 덕분에 그날 나는 다시 한번 깨달음과 삶의 지혜를 배울 수 있었다. 자신에게 딱 맞는 방법을 찾아 체계적으로 꾸준히 노력하며 포기하지 않는다면 지금보다 더 나은 삶을, 원하는 꿈을 이룰 수 있다고 믿는다.

자신에게 맞는 성공 습관을 찾아보자. TV 시청하는 시간을 줄이고 조금 더 일찍 일어나 매일 자신의 목표를 바라보며 입으로 시인하자. 평생 배움의 자세로 자신이 부족한 점을 배우면서 노력한다면 당신의 노력이 황금알을 낳는 닭을 가질 수 있게 할 것이다.

지금, 꿈과 성공을 만나는 시간

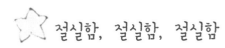 절실함, 절실함, 절실함

"조각가가 작품을 탄생시킬 원재료를 갖고 있듯 누구
나 자신의 운명을 손에 쥐고 있다. 다만, 재료를 원하
는 모양으로 빚어내는 기술은 공들여 배우고 계발해야
한다."

– 괴테

꿈을 이룰 수 있도록 도와주는 원동력은 과연 무엇일까? 재능,
부모의 재력, 시간, 끈기 등이 생각날 수 있다. 물론 있으면 크게
도움이 된다. 원대한 꿈은 하루 만에 이루어지지 않는다. 그러기
에 내가 생각하는 가장 큰 원동력은 바로 '절실함'이다.

당신의 절실함은 당신의 꿈을 이룰 때까지 훌륭한 동기를 부
여할 것이다. 꿈을 이루고 말겠다는 강한 동기가 없으면 수많은
비바람에 자주 노출되고 달콤한 유혹에 흔들린다.

영국의 미생물학자 알렉산더 플레밍(Alexander Fleming)은
1945년 페니실린을 발견하여 E. B. 체인, H. W. 플로리와 공동
으로 노벨 생리학·의학상을 받았다. 그가 발견한 페니실린은 푸
른곰팡이에서 얻은 화학 물질로서, 제2차 세계대전 직후에 항생
제로 사용되어 폐렴과 매독, 임질과 디프테리아 등 수많은 질병
을 치료하고 인류의 생명을 구하는 데 크게 기여했다. 1928년 가
을, 휴가를 다녀온 플레밍은 실험실 구석에서 푸른곰팡이가 잔뜩

자라 있는 실험용 페트리 접시를 발견하였다. 보통 사람이었다면 쓰레기라고 생각하며 곰팡이가 핀 접시를 버렸을 것이다. 하지만 그는 푸른곰팡이가 자란 접시 주변에서 박테리아가 감소한 것을 발견하고 계속 푸른곰팡이를 관찰하기 시작했다. 결국은 그 푸른 곰팡이가 세균을 죽인다는 것을 알게 되었고 그렇게 플레밍은 '페니실린'이라는 물질을 발견하였다. 그는 페니실린은 자연이 만들어낸 결과이며 자신은 그것을 우연히 발견하였다고 말한다.

그렇다면 플레밍 이전에는 곰팡이의 항균물질에 대한 사실을 전혀 몰랐을까? 아니다. 그가 발견하기 이전에 곰팡이를 연구한 의사들이 있었고 몇몇은 곰팡이의 항균물질에 대해서 논문을 발표하기도 했다. 하지만 끝까지 연구하여 인류의 생명을 구하지 못했던 이유는 바로 그들에게 '간절한 절실함'이 없었기 때문이다.

포기하지 않고 절실하게 매달린 그의 절실함이 아니었다면, 인류는 오늘날 많은 세균성 질병으로부터 안전할 수 없었을 것이다.

처음 영어 학원을 창업하면서 그때 살고 있던 아파트에 전단을 붙이고 길거리, 학교 앞에서도 영어 학원 홍보에 최선을 다해 하루하루 참 열심히 절실하게 홍보했었다. 초등학교 앞에서 영어 학원에서 나왔다며 전단을 나눠주고 있는데 나와 친분 있던 다른 학원 원장님이 나에게 물었다. "학원에 다른 직원들과 선생님들도 계시는데 왜 원장님이 왜 직접 나와서 전단을 돌리세요?" 나는 그 원장님께 말씀드렸다. "저희 선생님들은 없고 저에게만 있는 게 있어서요." 다른 원장님들도 그게 뭔지 궁금해하시며 나에게 한 걸음씩 다가오셨다.

내가 "절실함이요."라고 말하자 함께 전단을 돌리는 선생님들이나 원장님들이 갑자기 웃으시면서 말씀하셨다. "맞아요. 저도 절실하니까 지금 여기서 전단을 돌리고 있죠." 그렇다. 절실함은 당신의 꿈을 강화해줄 수 있는 꿈의 부스터이다. 전단을 돌리면서 나는 진심을 마음과 손에 담아 아이들에게 전해준다. '절실함'에 관해 물어보는 다른 원장님들과 학원 이야기를 나누며 전단을 다 돌리고 난 후, 자연스레 함께 고생한 선생님들, 원장님들과 티타임을 갖게 되었다. 선생님들은 어떻게 데이지영어가 이렇게 성장할 수 있었는지 성공 비결을 물었고, 학교 앞에서 잠깐 들었던 절실함에 대해서 다시 말해달라고 했다. 그분들을 바라보며 말했다. "아직도 길길이 멀었지만, 지금까지 올 수 있었던 비결은 아까 말씀드렸던 그 '절실함' 때문이었습니다. 절실함이 없었더라면 지금의 저는 아마 없었을 겁니다. 아이들에게 영어를 제대로 잘 가르쳐야겠다는 절실함이 놀이영어와 영어교재를 개발하고 끊임없이 연구하는 저를 만들었고, 제 아이를 비롯한 데이지 아이들이 영어를 쉽고 즐겁게 잘 습득하는 모습을 바라보면서 저의 절실함에 감사합니다. 저의 신념은 '결국 진심은 통한다.'입니다. 지금 당장은 힘들지만, 진심은 통하기 때문에 저의 노력으로 주위의 많은 사람이 데이지에 관한 좋은 말씀을 주변 사람들에게 많이 해주십니다. 앞으로의 데이지가 저는 더 기대됩니다." 이렇게 말하자 모두 고개를 끄덕이며 각자 가지고 있는 절실함에 대해서 자연스럽게 대화가 오갔다.

모두 열심히 하자는 이야기를 하고 몇 개월이 지나 다시 학교 앞에서 전단을 돌리며 예전에 커피숍에서 만났던 분들을 만나게 되었다. 갑자기 다른 원장님이 나에게 와서 말했다. "원장님이 그때 커피숍에서 말씀하셨던 절실함에 대해서 티타임을 가진 후 집에 가는 길에 곰곰이 생각해보았어요. 그리고 그때부터 저의 절실함이 더 이상 부끄럽지 않게 되었어요. 그리고 그 절실함을 이겨내려고 하루하루 고군분투하며 열심히 살았어요. 지금은 몇 개월 전보다 상황이 훨씬 많이 나아졌어요. 원장님 덕분입니다. 감사합니다." 그러면서 행복하고 기분 좋은 모습으로 덧붙이셨다. "원장님! 오늘은 제가 커피 대접하겠습니다!"

그날 정말 맛있는 커피를 대접받아서 행복했다. 그날 저녁 내가 작성한 감사 일기는 내용이 다른 날들보다 더욱 길었다.

'절실함'은 당신의 꿈을 이뤄주는 강력하고 소중한 것임을 기억하자.

제5장

성공을 만날 수 있는

골든타임

꿈을 이뤄주는 시간, 새벽

"미래는 여러 가지 이름을 갖고 있다. 약자들에게는 도
달할 수 없는 것, 겁 많은 자들에게는 미지의 것이다.
그러나 용감한 자들에게는 그것이 기회다."
                                              – 빅토르 위고

　나는 무역부에서 사회생활을 시작했다. 부서의 특성상 나는
영어로 일하는 시간이 많았다. 영어를 아주 잘하지는 않지만, 업
무 진행하는 데 문제는 없었다. 상품을 중국에서 수입하여 국내
에 유통하고 있었는데 문제는 중국 회사에서 무역 담당하는 직
원이 영어를 그렇게 잘하지 못해서 영어로 물어보면 중국어로
대답하는 경우가 많았다. 그렇게 몇 달을 일하다가 도저히 안 되
겠다는 생각을 하고 여기저기 알아봐서 중국어를 잘 가르친다는
영등포역 바로 앞에 있는 어학원에 등록했다. 출석률 80%만 유
지하면 국가와 회사에서 교육비를 지원해주었기 때문에 아침 7
시에 중국어 기초반 수업을 수강하게 되었다. 중국어는 성조가
있어서 처음에는 너무 어려웠다. 한 달쯤 지나니 중국 회사의 무
역부 직원이 하는 중국어가 조금씩 귀에 들어왔다. 그러면서 중
국어가 재미있게 느껴지기 시작했다.
　그 당시 나는 5시 30분에 기상해서 준비하고 6시 전에 전철을
타야 영등포역 앞에 있는 학원에서 아침 수업을 들을 수 있었다.

　　　　　　　　지금, 꿈과 성공을 만나는 시간

이른 아침 대중교통을 이용해 학원을 가는데 다른 사람들의 모습에서 삶의 다양성을 느낄 수 있었다. 새벽 5시가 넘도록 술을 마시고 전철을 타는 사람들, 피곤한 눈을 잠시나마 붙이는 사람들, 활기가 넘치는 사람들 등 나보다 더 부지런한 사람들이 있다는 사실이 초급반을 졸업할 수 있도록 해준 자극이 된 것 같다. 그때의 아침 수업 덕분에 나는 지금도 중국으로 여행 가서 내가 필요한 물건을 구매할 수 있을 정도의 초보 실력은 잘 갖출 수 있었다. 일찍 일어나니 새로운 외국어를 배울 수 있는 시간이 생기고 회사에 헐레벌떡 출근하던 나의 모습도 사라졌다. 남들보다 일찍 나가서 일하니 야근하는 버릇도 많이 줄일 수 있었다.

회사 다니면서 아침 일찍 일어나기란 나에게 무척 힘든 일이었다. 특히 회식 다음 날은 더욱 눈꺼풀이 무거웠다. 중국어 초급 6개월 과정은 몇 년처럼 길게만 느껴졌지만, 나는 나 자신과의 약속을 지킬 수 있었다. 무엇보다도 6개월 동안 일찍 일어나서 중국어 초급 과정을 잘 마쳤다는 점이 스스로 대견하게 느꼈다. 자전거를 타는 법을 배우면 평생 자전거를 탈 수 있는 것처럼, 외국어를 배워놓으면 평생 사용할 수 있다.

『하루 10분 놀이영어』 책을 써야겠다고 생각했을 때, 제일 먼저 '책 쓸 시간이 없는데 가능할까?'라며 고민할 정도로 매우 바쁜 시기를 보내고 있었다. 워킹 맘에 아이 키우면서 책까지 쓰려고 하니 정말 시간의 소중함을 절실히 깨달았다. 주말에는 집안에 행사와 여러 가지 일들이 겹쳐서 도무지 시간이 나질 않았다. 시간이 좀 더 필요한데 어떻게 해야 할지 고민하던 중 예전에 중국어를 배웠던 아침 시간이 생각났다. 이번엔 좀 더 시간을 앞당

겨 새벽 시간을 활용해보기로 했다. 고민 후 그다음 날 서점에 가서 새벽 시간에 관한 책들을 사서 읽었다. 평소 내가 일찍 일어났다고 하는 시간은 이른 아침 5시 30분이었다. 그보다 이른 새벽 시간은 나에겐 상상조차 할 수 없는, 넘을 수 없는 벽 같은 시간대였다. 하지만 내가 보게 된 책들에 따르면 성공한 사람들의 비밀은 새벽에 있었다. 미리 시간이 없어 성공하기 힘들다며 포기하고 나에게 주어진 환경을 탓하지 말아야 한다는 문구가 나의 눈길을 오랫동안 머물게 했다. 그날 이후 나는 새벽 4시 20분에 알람을 맞춰놓고 일어나려고 애썼다.

물론 처음엔 실패했다. 알람을 계속 끄고 다시 잠들고 끄고 다시 잠들었다. 아침에 아이 아빠가 "알람 소리 때문에 잠도 푹 못 잤어! 못 일어나면 차라리 알람을 끄고 푹 자는 게 어때?" 이 말은 나에게 "넌 할 수 있어! 일찍 일어나 봐!"라는 말처럼 들려서 그다음 날 알람이 울리자 침대에서 일어나 무조건 거실로 나왔다. 우선 거실로 나오긴 했는데 정말 너무 졸렸다. 눈이 아프니 소파에서 5분만 눈 감고 있어야지 했는데 남편이 나를 깨우면서 "그냥 침대에서 편하게 자."라고 할 정도로 나는 새벽에 잠이 많은 사람이었다. 우여곡절 끝에 나는 새벽형 인간으로 조금씩 변해가고 있었다.

새벽 시간까지 내가 활용할 수 있게 되어 정말 좋은 점이 많았다. 하루를 시작하기 전 머릿속을 정리할 수 있는 시간을 갖는 습관을 만들었으며 새벽에 책을 읽으니 더욱 머리가 상쾌해지듯 했다.

새벽 시간에 잠을 깨우기 위해서는 먼저 3가지만 생각했다.

첫째, 평소보다 한 시간 일찍 잠들기

둘째, 알람이 울리면 이불을 박차고 침실에서 나가기

셋째, 일어나자마자 미지근한 물 한 잔 마시기

위의 3가지만 3일 동안 실행해보자. 하루를 두 배로 살 수 있는 시간을 얻게 된다. 나는 5시에 일어나면서부터 내가 나의 삶을 컨트롤할 수 있었다고 자신 있게 말할 수 있다. 그렇게 새벽에 일찍 일어나기를 반복했더니 지금은 습관으로 자리 잡게 되었다. 작은 행동이 반복되면 작은 습관이 된다는 사실을 알게 되었다.

지금은 잠에서 깨어나면 우선 머릿속으로 온몸을 스트레칭하는 상상을 한다. 벌떡 일어나는 생각도 한다. 그러면 실제로 스트레칭하고 기상하는 데 어려움이 덜하다. 기상 후 제일 먼저 오늘 하루 일과 중 해야 하는 일을 중요한 순서대로 메모한다. 기상 후 하루 일과를 계획하고 적는 일을 습관으로 만드는 데에는 오랜 시간이 걸렸다. 하지만 습관이 든 후에는 하루를 시작하는 소중한 일과가 되었다.

하루 일과를 계획한 후 메모하고 신문을 읽고 시간을 정해놓고 새벽 독서를 한다. 새벽의 고요함, 내가 좋아하는 책을 읽을 때의 기분과 분위기는 정말 내가 사랑하고 좋아하는 소중한 시간이다. "성공한 사람의 공통점은 새벽형 인간이다"라는 기사를 봐도 '나는 저녁형 인간이라 성공하고는 거리가 먼가 보다.'라고 생각했었다. 새벽형 인간이 되어보려고 시도조차 해보지 않고 미리 포기한 격이었다. 좀 더 일찍 '새벽 시간에 성공하는 답이 있다는 것을 알았더라면 얼마나 좋았을까.' 하는 생각도 해보았다. 지금도 늦지 않았다는 마음으로 시도해서 습관으로 만드는 데 성공했다.

지금도 자기 전 항상 일찍 일어나는 상상을 하며 잠자리에 든다. 내일 새벽에 일어나서 하는 일들을 상상한다. '내일은 오늘보다 더 행복하고 즐거운 일이 가득할 거야.'라는 생각을 하며 잠자리에 든다. 또한 '나는 새벽에 일어날 수 있다.'라고 스스로 명령하고 잠들었더니 정말 그다음 날부터는 새벽에 벌떡 일어나는 나를 발견할 수 있었다.

얼마 전 신문에서 흥미로운 기사를 발견했다. "자수성가해 부를 이룬 성공한 사람들의 9가지 습관의 첫 번째는 일찍 일어나는 것이다."였다. 아침 2시간의 생산성은 오후 4시간과 맞먹으며 두뇌도 깨어있는 시간이 길어지면 길어질수록 피로가 쌓여서 생산성이 떨어진다고 한다. 두뇌가 가장 활발하게 활동하는 시간은 대략 아침 6시부터 8시까지라고 한다.

나는 이 시간대를 골든타임이라고 부른다. 이 골든타임에 중요하고 생산성이 높은 일을 찾아서 끝낸다. 그럼 하루는 24시간이 아닌 30시간이 되어 남들이 시간에 쫓기는 것과 달리 여유 있게 삶을 컨트롤하며 살아갈 수 있다.

아리스토텔레스는 "동이 트기 전에 일어나는 것이 좋다. 그런 습관이 건강과 부의 지혜를 가져다주기 때문이다."라고 말했다. '사이버 좀비'였던 나는 매일 항상 휴대폰 화면만 쳐다보며 엄청난 시간을 허비해버렸다. 내 정신이 온통 인터넷으로 향해 있으니 그때는 내가 반쯤 죽어있던 삶이었다.

아침부터 새벽 1시가 넘도록 침대에서 휴대폰 화면으로부터 눈을 떼지 못하던 나는 화장실에서도 밥 먹을 때도 휴대폰에 완전히 중독되어 있었다. 휴대폰을 잠깐이라도 쳐다보지 않으면 불안감을 느끼는 노모포비아 증세가 나타날 때쯤 나는 손목 터널 증후군이라는 병도 함께 얻었다. 또한, 매일 늦게 잠자리에 들고 오후 늦게 일어나도 피곤했으며, 항상 두 눈은 충혈되어 있었다. '휴대폰 중독자'였던 내가 하루를 일찍 시작했을 뿐인데 삶이 달라졌다. 아침만 잘 보냈더니 나머지 시간도 생산적이며 알차게 보내는 방법을 알 수 있게 되었다. 스티브 잡스가 왜 자신이 만들어 세상에 팔았던 IT 기기를 자녀들에게 주지 않았는지 알 수 있었다. 엄청난 물건이지만 나처럼 잘못 사용한다면 쉽게 중독되어 시간을 얼마나 허무하게 보내는지 그는 잘 알았다.

새벽을 귀한 시간으로 여겨 사용한다면 하루를 30시간으로 길게 사용할 수 있을 것이다. 하루의 골든타임인 새벽 시간을 반복적으로 잘 활용한다면 새벽 시간이 당신의 꿈을 이루어주는 황금 같은 시간임을 알게 될 것이다.

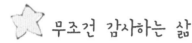 무조건 감사하는 삶

"바로 오늘이 일 년 중 최고의 날이다."

– 랄프 에머슨

어느 날 아침 아이와 난 학교에 가기 위해 집을 나섰다. 지하 주차장에서 차를 타기 위해 걸어가던 중 아이와 나의 시선을 사로잡는 차가 있었다. 구매한 지 얼마 안 돼 보이는 하얀색 차였는데, 주차하려다가 옆벽 기둥에 차가 긁히기 시작했다. 가던 길을 멈추고 아이에게 벽 쪽에서 잠시 기다리라고 한 뒤 주차하던 차로 다가갔다. "저기, 옆 기둥에 차가 긁히고 있는데요. 괜찮으시면 제가 차를 주차해드릴까요?"라고 물어보니 감사하다며 운전자석에서 내려 부탁한다고 말했다. '이중주차한 차 때문에 힘들어하셨구나.'라는 생각을 하면서 주차를 하고 내렸는데, 운전자분이 난감한 표정을 지으시며 주차하려는 게 아니라 주차된 차를 빼려고 하는데 이중주차한 차 때문에 못 빼고 있다고 차 좀 빼달라고 다시 부탁하셨다. 다시 차를 빼고 운전자석에서 내리면서 "안전 운전하세요."라고 인사하니 정말 감사하다며 고마워하셨다.

그리고 다시 등굣길을 서두르는데 아이가 물었다. "엄마, 우린 아침에 시간도 부족한데 왜 도와준 거야?" 아이 물음에 "새 차가 옆 기둥 때문에 망가지고 있는데 모른 척 넘어갈 수는 없잖아. 그 대신에 어떤 도움이 필요하신지 먼저 물어보고 도와드렸으면 더 좋았겠다. 시간을 아낄 수 있고, 도움이 필요 없을 수도 있었으니까 말이야. 그리고 엄마는 오늘 누군가를 도와줄 수 있어서 감사한걸."이라고 말했다.

'감사'에 대해서 이야기하는데 갑자기 아이가 물었다. "엄마가 저녁에 읽어주었던 책 줄거리가 기억이 안 나는데 다시 말해줘. 『사람은 무엇으로 사는가?』 그 책 말이야." 그래서 아이에게 쉽고 간단하게 레프 톨스토이의 『사람은 무엇으로 사는가?』 줄거리를 다음과 같이 말해주었다.

"하나님께 벌을 받은 천사 미카엘이 주인공으로 나와. 미카엘은 인간 세상에 내려와 세 가지 질문의 답을 알아오라는 벌을 받았어. 돈 없는 구두 공방을 운영하는 남자는 우연히 성당 뒤에서 미카엘을 보고 불쌍히 여겨 자신의 집으로 데려왔지. 한 끼를 걱정해야 하는 구두 공방 남자의 아내는 못마땅해하지만 결국 자신이 먹을 빵까지 그 남자에게 대접했어. 그때까지 미소가 없었던 미카엘은 처음으로 웃었어.

미카엘이 구두 공방에서 함께 지내면서 구두 공방의 경제 사정이 많이 나아지기 시작했어. 어느 날 부자가 구두 공방에 찾아와 고급 가죽을 내보이며 1년이 지나도 멀쩡한 가죽 부츠를 만들 수 있냐고 물어봤어. 그 부자는 만약 1년 동안 멀쩡하면 돈을 지급하고 1년 안에 신발이 망가지면 교도소에 집어넣겠다고 협박했어. 그때 미카엘은 두 번째로 웃었어.

1년을 신어도 튼튼한 부츠를 만들겠다고 하고 부자가 떠난 후 미카엘은 작업을 시작했는데, 부츠가 아니라 실내화를 만들기 시작했어. 그리고 잠시 뒤 부자의 신하가 다시 공방에 찾아와 부자가 돌아가셨다고 슬리퍼를 만들어달라고 부탁했어.

다시 몇 년이 지난 어느 날 한 여자와 쌍둥이 두 아이가 구두 공방에 찾아왔어. 그리고 한쪽 다리가 불편해 보이는 아이의 신발을 만들어달라고 부탁했지. 아이가 다리를 절룩거리는 이유를 물어보니 여자가 이야기를 들려주었어. 아이의 엄마가 죽기 전이 아이를 깔아뭉개서 다리가 아프다는 거였어. 이야기를 듣던 미카엘은 세 번째로 웃었어.

그러면서 미카엘은 하나님이 이제 막 자신을 용서했다며 다시 천사의 모습으로 변했어. 구두 공방 남자는 천사 미카엘이 자신들과 함께 지내면서 왜 세 번 웃었는지 이유를 물었어. 미카엘은 말해주었어. 자신은 하나님으로부터 세 가지 질문, 즉 사람의 마음속에 무엇이 있는가, 사람에게 허락되지 않은 것은 무엇인가, 사람은 무엇으로 사는가의 답을 알아보라는 벌을 받았다고 했지. 부부가 자신이 먹을 빵을 미카엘을 위해 양보했을 때, 사람의 내부에 사랑이 있음을 알게 되어 처음으로 웃은 거였어. 그리고 부자 옆에 죽음의 천사가 있음을 보면서 사람에겐 자신에게 진정 필요한 게 무엇인지 아는 힘이 허락되지 않았음을 알게 되어 두 번째로 웃었다고 했어. 마지막으로 두 여자아이가 양부모 손에서 잘 자란 것을 보고 사람은 사랑으로 산다는 걸 깨달았던 거야. 그렇게 미카엘은 세 가지 답을 모두 찾게 되었다고 말했어. 그리곤 다시 천사가 되어 하늘로 올라갔다는 이야기야." 줄거리를 들려줄 때 아이의 눈은 다이아몬드처럼 반짝반짝 빛나고 있었다.

"아, 엄마가 들려주는 책 이야기는 정말 재미있어. 다음에 또 듣고 싶을 때 또 들려줘!" 그런 아이를 보며 육아의 행복함에 감사하는 하루를 보낼 수 있었다. 아이에게 줄거리를 들려준 이 책은 내 인생 책이라고 할 수 있는데, 내 아이도 좋아하는 모습을 보니 감사한 마음이 절로 들었다.

가족이 생기고 난 후 나는 나의 꿈만 소중하다고 생각하지 않는다. 나의 꿈은 소중하지만, 우리 가족의 꿈 또한 소중하다.

가끔 누군가 나에게 이렇게 질문한다. "나이도 있고 가정도 돌봐야 하는데 꿈이 있으면 이기적인 사람이 되는 것 아닌가요?" 우리는 지금까지 살면서 가족이나 공동체를 먼저 챙기고 나서 나중에 자신을 돌봐야 한다고 교육받았다. 이처럼 누군가를 먼저 돌보고 자신을 나중에 챙기다 보면 자신의 행복을 찾지 못하는 삶을 살게 된다. 드라마를 보면 주인공 엄마가 아들이 만나는 여자가 맘에 들지 않거나 부모보다 아내를 더 챙기는 모습을 보고는 "내가 너를 어떻게 키웠는데."라고 말한다. 이러한 장면을 볼때 나는 가족을 위해 희생한 그 사람의 삶이 있어 이해는 하지만 자신의 꿈을 뒷전으로 미룬 사람을 가족들조차도 알아주지 않는다고 느꼈다.

미국에 사는 언니 가족들과 함께 밥을 먹을 때였다. 어린 조카를 키우고 있는 언니에게 말했다. "아기 먼저 밥 먹이느라 언니는 식사를 나중에 해야겠네." 그러자 언니는 "내가 먼저 먹고 아이 밥을 먹여야지. 아이 먼저 먹고 왜 내가 나중에 먹니?"라고했다. 이해할 수 없었다. 한국에서는 엄마가 아이를 먼저 챙기고 나중에 엄마가 식사하는 모습을 많이 봤기 때문이다. '미국 엄마들은 이기적이네.'라고 혼자 생각했었는데, 나중에는 내가 생각을 바꾸게 되었다.

비행기를 타면 이륙하기 전 기내 방송이 나온다. 비상 상황이

발생하면 아이부터 산소마스크를 씌워주기보다는 자신부터 산소마스크를 쓰라고 말한다. 자신이 산소가 부족해 먼저 의식을 잃게 된다면 아무도 도울 수 없기 때문이다. 자신부터 챙기고 주변 사람들을 도우라는 방송을 듣게 되면서 나 자신을 먼저 돌보며 생각하기 시작했다. 스스로를 돌보고 나서 나의 도움이 필요한 사람들에게 더 많은 도움을 줄 수 있었다. 이제 더 이상 가족이나 다른 사람들 때문에 자신의 행복을 포기하지 말자.

자신의 행복을 찾을 수 있는 사람은 당신밖에 없다는 것을 기억하라. 나폴레온 힐은 행복한 사람의 인생 신조에 대해서 이처럼 말하고 있다. "나는 행복을 찾으려는 사람에게 도움을 줌으로써 나 자신의 행복을 찾는다."

지금, 꿈과 성공을 만나는 시간

세상에서 가장 안전한 금고

"사람은 자신이 생각한 그대로의 사람이 된다."
– 얼 나이팅게일

가끔 나이가 젊은 사람들과 연세가 있으신 어르신들에게 혹시 꿈이 있으신지 여쭈어보면 나이와 관계없이 꿈에 대해 생각하는 시간이 오래 걸리는 모습을 자주 보게 된다.

결혼하고 아이 낳고 본격적으로 육아하면서 주변 엄마들과 아주 친해졌다. 그러면서 서로의 이야기를 많이 듣게 되었다. "누구 엄마는 어디 아파트 청약 넣었는데 당첨되었다더라. 아파트 가격이 좀 비싼데 친정에서 사줬다더라. 시댁에서 사줬다더라." 이런저런 이야기를 들을 때 '아. 우리 집도 부자여서 나에게 집 한 채 사주면 좋겠다.'라고 생각한 적이 솔직히 한두 번이 아니다.

나와 함께 일하던 아이 엄마는 어느 날 친정아버지가 집에 좀 들렀다 가라고 했단다. 밑반찬 가져가라고 하시나 보다 하고 생각한 그 엄마는 별다른 생각 없이 집에 가서 부모님을 만났는데 부모님이 땅문서를 주면서 이거 너에게 주는 선물이라며 명의를 변경하라고 했단다. 그 엄마의 친정집은 부자가 아니었고 부모님이 땅을 소유하고 있었는지도 몰랐었다고, 생각지도 못한 선물을 받아서 행복했다는 이야기였다. 그 이야기를 듣고 나는 엄마에게 전화했다.

"엄마! 혹시 나에게 줄 선물 없어? 땅이라든가, 집이라던가?" 내 질문에 엄마는 "당연히 없어!"라며 웃으시고는 "대신 엄마는 너를 위해 매일 새벽 기도하니까, 너는 모르겠지만 넌 엄마의 기도라는 아주 큰 선물을 매일 받는 거야!"라고 하셨다. 엄마의 대답에 나도 큰 소리로 웃으면서 "나에게 가장 큰 밑천은 엄마의 기도야! 고마워, 엄마!"라며 유쾌하게 전화 통화를 하다가 끊었다. 엄마의 대답에 나는 더 많은 책을 읽기 시작했다.

나의 부모님은 부자가 아니며 나는 물려받을 재산도 없으므로 내가 스스로 밑천을 만들어야 했기 때문이다. 어느 누가 빼앗아 갈 수 없는 나만의 재산을 만들어야 했다.

얼마 전 내가 좋아하는 드라마를 재미있게 시청하고 있는데 아이가 내 옆에 와서 앉았다. 함께 드라마를 보다가 갑자기 뜬금없이 내가 예전에 엄마에게 물어봤던 것과 똑같은 질문을 했다. "엄마, 우리 집 부자야? 부자가 뭔데 왜 저 사람이 부자가 되고 싶다며 싸우는 거야?" 나도 엄마처럼 지혜롭게 부자가 아니라는 이야기를 해주고 싶었으나 나는 매일 새벽 기도를 나가지 않았으므로, 대신 내가 좋아하는 『탈무드』 이야기를 들려주었다.

"아주 멋진 배 한 척이 바다를 항해하고 있었어. 그 배에는 돈이 많은 부자들이 타고 있었고 또 가난한 랍비도 타고 있었어. 부자들은 서로 자신들이 소유하고 있는 재산의 규모를 가지고 자랑했어. 사람들이 아무 말을 안 하는 랍비를 쳐다보며 당신은 무엇을 가지고 있냐고 묻자 그는 "나는 나 자신이 누구 못지않은 큰 부자라고 생각하고 있다."라면서, "하지만 지금 당장 내 재산을 당신들에게 보여줄 수는 없다."라고 말했어. 항해하고 있던 배에 해적들이 갑자기 나타나 부자들이 자랑하던 금은보화를 전부 빼앗아 가버렸어. 해적들이 재산을 다 빼앗아 가자 그 재산을 자랑하던 부자들은 힘이 빠져 주저앉으며 이제 재산이 없어져 망했다며 탄식했어. 슬퍼하던 부자들은 랍비를 바라보며 당신은 그 보물을 어디에 감추어 놓았기에 빼앗기지 않았냐고 물었어. 랍비는 미소 지으며 대답했어.

"그것은 모두 내 머리와 가슴속에 있다."라고 말하니 그 말을 듣고 사람들은 모두 고개를 끄덕이며 자신들의 어리석음을 한탄했대. 우리 집은 부자는 아니지만, 아빠도 엄마도 언제든지 부자가 될 수 있는 지식과 지혜를 가지고 있어서 나중에는 꼭 부자가 될 거야."

우리 눈에 보이는 재산은 언제든지 없어질 수 있지만, 우리 머릿속에, 마음속에 쌓여있는 지식은 세상 어느 나쁜 도둑이 와도 빼앗아 갈 수 없다. 아이는 가장 안전하고 멋진 재산을 더 모아야겠다며 책을 읽으러 자기 방으로 들어갔다.

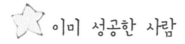 이미 성공한 사람

"인간은 스스로 원하는 만큼의 행복을 얻는다."
– 에이브러햄 링컨

　꿈을 이루길 원한다면 자신의 입으로 자신의 꿈을 꼭 말해보길 권한다. 자신의 입술로 성공을 단언하는 사람의 꿈은 잠재의식에 스며든다. 성공의 모습을 현실화하기 위해 자신이 가지고 있는 능력과 에너지보다 더 큰 힘을 만들어낸다. 자신의 입술을 통해 자신의 성공을 단언하는 사람은 몇 년 후 자신이 그토록 바라던 자리에 앉아있는 사람이 된다.

　자고 일어난 아침 거울을 보며 스스로 나의 목표는 이루어진다고 말해보자. 나는 내가 계획한 단기 목표에 대해 나 자신과 주변 사람들에게 말하지 못했었다. 주변 사람들이 모르게 노력해서 완벽하고 멋진 결과만 보여주고 싶었다.

　직장인 중국어 새벽반에서 열심히 중국어를 배웠을 때 일이다. 아침 일찍 출근하고 일찍 퇴근해서 매일 분주하고 바빠 보이는 나의 행동을 보면서, 함께 일하던 동료들은 무슨 일이 있느냐고 물었다. 중국어 공부를 시작했다고 하면 중국어를 해보라고 할 것 같고 나의 중국어 실력을 비웃을 것 같아서 별일 아니라며 대충 넘겨버렸다. 회식 자리에 점점 참석하지 못하고 야근도 못 하고 일찍 퇴근하니 동료들이 따가운 시선을 보내기 시작했다. 중국어를 배운 지 한 달이 채 지나기도 전에 동료들이 섭섭해한다는 이야기를 듣게 되었다. 동료들이 나를 험담할까 봐 몰래 배우던 나의 모습을 돌이켜보면서 배움을 부끄러워하는 나의 모습을 반성했다.

중국어를 배우고 있는 나의 선택에 자신감을 가지고 동료들에게 사실대로 말했다. "요새 중국어를 공부하고 있어요. 초급반이 새벽반밖에 없어서 일찍 출근하고 새벽에 일어나야 하니 업무가 끝나면 바로 일찍 퇴근했어요. 초급반이 6개월 코스니 6개월 정도 지나면 바이어와 중국어로 대화하는 저를 보게 될 거예요!" 얼굴은 상기되고 목소리는 떨렸지만, 당당하고 자신 있게 말하는 나를 보고 동료들은 별일 아닌데 왜 말을 안 해서 더 궁금하게 만들었냐며 피식 웃었다. 그렇게 말하고 나니 상사와 동료들은 나를 조금 더 배려해주었다. 회식 자리나 모임에도 되도록 나에게 참석을 강요하지 않았고 배움을 응원해주기도 했다. 주변 사람들에게 나의 목표를 자신 있게 말하고 나니 나 또한 대충 중국어를 배울 수가 없었다. 새벽에 일어나 거울을 보며 자신에게 "나는 포기하지 않는다. 나는 중국어를 할 수 있다."라고 말했다.

오랜 세월이 흘렀지만, 아직도 간단한 중국어는 할 수 있을 만큼 열심히 배웠다. 중국어 학원을 3개월쯤 다녔을 때 갑자기 중국에서 바이어가 회사에 방문했다. 중국을 담당하던 동료가 휴가 중이라 내가 접대해야 했다. 바이어와 영어로 대화하고 있었는데 동료가 중국어로 대화해보라며 멍석을 깔아줬다. 어쩔 수 없이 바이어에게 요즘 중국어를 배우는 중이라고 설명하며 천천히 간단한 중국어로 대화하기 시작했다. 바이어에게 서울 투어와 용인에 있는 한국 민속촌을 안내해주었다. 바이어가 중국어 배운 지 3개월 치고는 정말 잘한다며 상사 앞에서 내 칭찬을 아낌없이 해주었다.

중국어를 배운다며 동료들에게 3개월 전쯤 당당하게 말했던 나의 말이 실현되고 있었다. 말의 힘을 처음으로 체험한 귀한 시간이었다.

말의 힘을 느낀 두 번째 경험은 『하루 10분 놀이영어』 책을 쓰고 있을 때였다. 나는 이미 미래 성공에 대해 확신하고 말하는 힘에 대해 잘 알고 있었다. 아직 실현되진 않았지만 주위 사람들에게 얼마 후 나의 첫 번째 책이 출간될 것이라고 선언했다. 내 주위 사람들은 대부분 "과연 가능할까?"라는 반응이었다. 책이 정말 출간되고 나서 주변 사람에게 들었던 이야기지만 "실현되지도 않은 일을 말하고 다닌다, 별난 사람이다, 사기꾼 아니냐!"라고 말한 사람들도 있었다고 한다. 그래서 함께 책을 쓰기 시작한 작가들은 일부러 책을 쓴다는 말을 하지 않는다고 나중에야 이야기를 들었다. 하지만 나는 스스로 조금씩 단기 목표를 많이 만들어 장기 목표를 만들 수 있다고 확신이 들었을 때 주변 사람들에게 성공에 대한 목표를 단언함으로써 한 발자국 더 나아갈 수 있었다. 장기 목표가 세워지고 나서 내 주변 사람들에게 나의 꿈을 공개하고 나면 내가 가진 에너지를 다 쏟지 않을 수가 없었다. 말을 함으로써 나의 마음가짐을 다시 재정비할 수 있으며, 주변 사람들로부터 비웃음을 피하기 위해서라도 스스로 열심히 최선을 다하게 된다.

주위에 말할 사람이 없을 때는 혼자 단언하고 자신에게 선언

지금, 꿈과 성공을 만나는 시간

하듯 "나는 이렇게 될 것이다."라고 말한다. 자신감이 낮아지고 주위 환경이 힘들어질 때면 더욱 입술을 통해서 말한다. 내가 입술을 통해서 말할 때 나의 잠재의식이 나 대신 열심히 일해서 나의 꿈이 실현되도록 도와준다. 특히 잠자리에 들기 전이나 일어난 직후 나는 반복해서 나의 성공을 말했다.

내가 잠든 사이에도 잠재의식이 나의 꿈을 위해 열심히 일하리라 믿었다. 내 생각과 확신 그리고 가치가 내 소중한 재산이라고 되뇌었다. 내가 자신을 더 소중히 여길수록 사람들은 나의 가치가 더욱 높다는 것을 느낄 수 있게 해주었다. "나는 가치 있는 사람이다. 결국, 나의 꿈은 이루어지게 되어있다."라고 말했다. 아직은 힘들지만 나는 곧 나의 가치를 부유함과 연결하여 성공하는 방법을 배우고 있다고 믿었다. 성공한 수많은 사람이 나에게 이렇게 말해주는 것처럼 느꼈다. "나도 할 수 있었다. 당신도 할 수 있다!"

나도 아직 한참 현재 진행형이지만 가끔 누군가 나에게 이렇게 묻는다. "선생님, 선생님은 처음부터 이렇게 학원이 커지고 학생 수가 많아질 걸 알고 시작했었나요?" 나의 대답은 한결같이 "아니요!"이다. 하지만 학원을 처음 시작할 때부터 나는 학생 수가 많아질 거라고 미리 생각하고, 말하고, 이미지화했다.

이미 성공한 사람처럼 끊임없이 배우고 인내하며 최선을 다해서 하루하루 산다면 당신은 분명 성공한 사람이 될 수 있을 것이다.

믿음과 행운의 파트너가 되려면

"이기는 사람도, 지는 사람도 있다. 이길 때는 기뻐하라.
지더라도 후회하지 말라. 절대 뒤를 돌아보지 말라."
– 리처드 브랜슨

7년 전쯤 추운 겨울날 신랑과 나는 저녁을 해결하려고 외출했었다. 날이 추워서 그런지 따뜻한 국물이 먹고 싶었던 우리에게 생긴 지 얼마 안 되어 보이는 곰탕집이 눈에 들어왔다.

원목 간판에 깔끔하게 "윤가 곰탕"이라고 쓰여 있었고, 아래는 현수막으로 "새벽에 곤 보양식 한우 곰탕"이라는 글귀가 보였다. 신랑과 나는 눈이 마주쳤고 자연스럽게 그 식당으로 들어갔다. 밖에서 보던 것보다 규모가 작았지만 아담하고 깔끔한 내부였다. 출입구 앞쪽에는 곰탕을 만드는 커다란 솥이 걸려있었다. 사장님이 곰탕을 한 번 더 끓여 내어주시는 곳이었다. 오픈형 주방이 후문 쪽에 설치되어 있었다. 식당 안에 들어오니 사장님의 신념을 다시 한번 확인할 수 있도록 커다란 현수막에 "100% 김치도 국내산으로 고춧가루도 시골에서 직접 재배한 것만 사용합니다."라는 문구가 적혀있었다. 식탁에는 몇 가지 양념통이 비치되어있었다.

들어오길 잘했다며 신랑과 나는 한우 곰탕을 두 그릇 시켰다.

자주 먹었던 흰색 곰탕이 아닌 투명한 맑은 국물이었다. 기름기를 잘 걷어낸 맑은 국물이 보기만 해도 깔끔한 맛일 거라는 생각을 들게 했고, 많은 양의 파와 푸짐한 고기 양에 마음까지 푸짐해졌다. 먼저 고기 한 점을 먹으며 고기의 부드러움에 감탄했고 곰탕 특유의 누린내나 고기의 잡냄새가 거의 나지 않는 국물 맛에 감동했다. 곰탕의 맛은 한마디로 '정직'이었다. 신랑과 나는 감탄을 하며 보양식 같은 곰탕 한 그릇을 맛있게 비웠다.

식사를 마치고 계산을 하면서 우리는 정말 맛있는 곰탕 잘 먹었다며 인사를 했다. 나오면서 신랑과 곰탕집에 관한 이야기를 계속 이어나갔다. "저렇게 정직한 사람이 성공해야 할 텐데. 이제 오픈하신 거 같은데 한우 암소로만 곰탕을 만드신다고 하니 마진이 남기는 할까?"라고 묻는 남편에게 "아직 세상은 정직한 사람들이 진심을 다해 살아가면 성공할 수 있어. 진심은 결국은 통하는 법이니까!"라며 대답했다. 남편은 혼잣말로 "꼭 저 가게가 사람들한테 오래 사랑받고 장사도 잘되는 가게가 되었으면 좋겠다."라고 했다. 우리는 단골이 되어 자주 찾아가고 시댁이나 친정에 갈 때도 포장하여 부모님들께 가져다드렸다. 맛있는 집이라고 소개하며 우리가 좋아하는 가게의 곰탕을 함께 즐겨 먹었다.

일 년쯤 지나고 우리 집은 이사를 해야 했다. 예전 집과 그다지 멀지 않은 곳에 이사했지만, 예전만큼 그 곰탕집을 자주 찾아갈 수는 없었다. 몇 년이 지난 후 그 맛이 생각나 다시 찾아갔다. 몇 년 만에 다시 찾은 곰탕집은 번호표 기계가 설치될 만큼 아주 유명해져 있었다. 결국, 식재료가 소진되어 7시에 가게를 찾은 우리 가족은 발걸음을 다시 돌릴 수밖에 없었다. 며칠 뒤 우리 가족은 다시 가게를 찾았고 가게가 더욱 유명해진 이유를 알 수 있었다. 얼마 전 〈먹거리 X파일〉이라는 방송 프로그램에서 착한 곰탕집으로 그 곰탕집이 소개되었다고 한다. 한우 암소만을 사용해 매일 새벽 직접 육수를 끓여내는 것은 물론, 사장님은 온종일 곰탕이 끓고 있는 가마솥 곁을 떠나지 않았다. 그만큼 남달랐던 자부심으로 인해 결국 착한 식당으로 선정되었다고 한다. 가게 입구에 착한 식당이라고 쓰여 있는 글과 별 5개가 있는 액자가 걸려있었다.

곰탕 맛도 변함없고 사장님도 여전히 곰탕이 끓고 있는 가마솥 곁을 지키면서 손님 테이블에 필요한 음식을 내어주셨다. 우리 가족은 곰탕을 맛있게 비웠다. 사장님께 착한 식당으로 선정되신 것을 축하드린다고, 이제야 알게 되었다며 오늘도 맛있게 잘 먹었다고 인사를 드렸다. 기분 좋게 외식하고 집으로 돌아오는 차 안에서 아이 아빠와 기분 좋은 대화를 이어나갔다. "정직한 분이 인정받고 가게도 잘되고 너무 기분 좋은 저녁이었어!" 아이 아빠의 말에 나 또한 정직한 사람이 인정받는 우리 사회가 너무 고마웠다.

지그 지글러의 『정상에서 만납시다』에는 다음과 같은 일화가 나온다. 오래전에 나이 많고 현명한 왕이 현인들을 불러 임무를 주었다. "'세기의 지혜'에 대해 자료를 수집해주오. 책으로 만들어 자손에게 남길 수 있도록 말이오." 현인들은 오랜 시간 작업에 착수했다. 마침내 이들은 12권의 책을 가지고 돌아와 이 책이야말로 '세기의 지혜'라고 주장했다. 왕은 책을 보더니 이렇게 말했다. "여러분, 여러분이 주장하는 대로 이 책이 '세기의 지혜'

지금, 꿈과 성공을 만나는 시간

이며 인류가 알아야 할 모든 지식이 담겨있다고 생각하오. 그렇지만 이 책은 분량이 너무 많아 사람들이 읽지 않을 것 같소. 요약해보시오." 다시 한번 현인들은 열심히 작업했고 마침내 한 권의 책을 들고 돌아왔다.

그러나 왕은 아직도 길다고 생각해 다시 한번 요약하라는 명령을 내렸다. 현인들은 이 책을 한 단원으로, 한 페이지로, 한 문단으로 그리고 마지막엔 한 문장으로 요약하게 되었다. 왕이 그 문장을 보고 매우 기뻐하며 이렇게 말했다. "여러분, 이 문장이야말로 세기의 지혜요, 그리고 모든 사람이 이 진리를 깨닫게 되면 그들의 문제는 대부분 해결될 거요." 온 나라의 현자들이 모두 모여 만든, 후세에 물려줄 세기의 지혜는 바로 "공짜는 없다."였다.

행운만 좇다 보면 꿈을 이룰 수 있는 거리는 더욱 멀어진다. 행운은 꿈을 위해 정직하게 고군분투하는 사람에게 찾아오는 선물과 같은 것이다. 자기 신념에 대한 믿음과 노력 그리고 인내가 당신이 제대로 목적지에 도착할 수 있도록 꿈의 길을 안내해줄 것이다.

행운은 당신이 어려울 때 꺼내어 쓸 수 있도록 당신의 꿈이 준비한 선물들이다.

출발선보다는 도착지가 중요해

> "도전은 인생을 흥미롭게 만들며, 도전의 극복이 인생
> 을 의미 있게 한다."
>
> — 조슈아 J. 마린

　아주 어렸을 때, 있었던 새가 얼어 죽을 만큼 살이 아리도록 추웠던 어느 겨울날, 우리 집의 기름보일러가 고장이 난 적이 있었다. 생명에 위협을 줄만큼 추웠던 영하의 날씨에 보일러가 고장 난 것은 지금 생각해도 매우 위험한 일이었다. 당시 우리 형제들은 모두 어렸고 엄마가 직접 보일러를 수리할 수도 없었다. 엄마가 이리저리 뛰시는 모습을 보니 우리는 차마 춥다는 말도 하지 못했다. 하품하다가 눈물이 나면 눈물이 얼 정도의 추위에 그저 떨기만 했다. 나는 한밤중에 추위 때문에 잠에서 깼는데, 그 어린 나이에도 이렇게 추우면 얼어 죽을 수도 있다고 생각했다. 지금도 잊을 수 없는 기억이다.

　엄마는 장롱에서 여름 이불, 겨울 이불 할 것 없이 모두 꺼냈고, 파카처럼 입을 수 있는 옷은 모두 껴입고 자도록 했으며 형제들의 체온으로 버틸 수 있도록 서로 꼭 안고 자라고 했다. 또한, 집의 온기가 떨어지지 않도록 뜨거운 물을 계속 끓이면서 뜬 눈으로 밤을 새우셨다. 엄마의 그 모습을 잊을 수 없다. 다른 형

　지금, 꿈과 성공을 만나는 시간

제들은 어떻게 생각했을지 모르지만 나는 그 추위를 다시 느끼고 싶지 않았다. 기억조차 하기 싫은 추운 겨울의 추억이었다.

나를 포함한 우리 형제들은 물질적으로 아무것도 누리지 못하며 아무것도 없이 자랐다. 아빠가 없었지만 지혜로운 엄마 덕분에 우리 형제들은 잘 성장할 수 있었다. 가난도 즐거운 추억이 되게 만들어주는 엄마의 보살핌 덕분에 우리 형제들은 잘 자라서 모두 가정을 이루어 열심히 행복하게 살아가고 있다. 둘째 언니가 사회생활을 하면서 예전보다는 훨씬 집안의 경제 사정이 나아졌음을 학생이었던 나도 몸소 느낄 수 있었다. 즐겁게 가족들과 저녁을 먹고 난 후 이야기를 나누던 중 겨울에 관한 추억 이야기를 하게 됐다. 추운 겨울 얼어 죽을 뻔한 보일러 고장 사건을 이야기했는데 언니가 말했다. "언니는 그날이 있고 난 후 부자는 좋아하지 않지만, 돈을 많이 잘 벌어야겠다고 마음먹었어." 그러자 오빠들도 "나도 그날 결심했었어."라고 말했다.

나는 어려서 엄마가 이불과 옷을 모조리 꺼냈을 때 빨래 산이라며 나를 웃게 해주는, "이 정도 추위로는 안 죽거든!"이라고 말하는 언니 오빠들을 믿고 서로의 체온에 의지해 푹 잤다. 하지만 나보다 더 컸던 언니 오빠들은 엄마가 보일러 수리공 아저씨와 통화하는 내용을 듣게 되었다고 한다. 엄마가 고장 난 증상을 보일러 수리공에게 조목조목 말하니 지금 당장 그 부분을 고치려면 시간도 오래 걸릴 뿐 아니라 출장비와 수리비도 많이 들 것이라 말했다고 한다. 엄마는 그 시간에 당장 돈을 빌릴 수도 없으니 먼저 고쳐주면 다음에 돈을 갚겠다고 사정했지만, 보일러 수리공은 안 된다며 거절했다고 한다. 그렇게 엄마의 대화를 들은 언니는 무조건 돈을 많이 벌어야겠다고 그때 다짐했다고 한다. 그래서 지금도 열심히 일하는 거라며 꼭 부자가 될 거라는 언니의 말이 이해가 되면서도 한편으로는 마음이 뭉클해졌었다.

한 소년이 있다. 2008년 경제 위기로 어려워진 집안 살림에 보태기 위해서 스마트폰 앱을 개발하기 시작했다. 오히려 힘들었던 시절이 그를 성공하게 만든 것이다. 그의 재능을 알아본 페이스북은 17살인 세이먼에게 인턴십을 제안했고, 그는 페이스북 정직원으로 입사하게 되었다. 현재는 구글에서 프로덕트 매니저로 일하고 있는 21세 백만장자의 청년이다. 한창 공부해야 할 10대 소년이 앱을 만들어 가족들의 생계를 책임지기 시작했을 때, 가족을 부양한다는 부담감이 컸을 것이다. 하지만 그는 유년 시절의 어려운 환경 덕분에 많은 것을 배울 수 있었을 것이다. 13살이라는 어린 나이에 앞으로의 시장을 미리 내다보고 개척해 나갔다기보다는, 가난이 그에게 하나의 기회가 된 것이라고 생각한다.

곰곰이 생각해보니 우리 집 가정 형편이 어렵다고 불평불만만 하는 형제들은 없었다. 우리는 앞으로 커서 돈을 벌게 될 때 어디에서 살고 싶은지, 어떤 멋진 차를 타고 다닐 건지 또는 어떤 멋진 옷을 입고 다닐지를 생각했다. 앞으로의 우리 미래를 기대하며 대화할 때 엄마는 흐뭇한 표정을 지으시며 우리에게 말씀하셨다. "그래, 앞으로 너희들의 미래는 그 누구의 것도 아닌 너희 것이다. 게으름으로 너희의 일을 미루고 싶거나, 돈을 함부로 막 쓰고 싶거나, 다른 사람에게 의존하고만 싶다면 어릴 적 너희가 힘들었던 때를 생각해보렴. 너희가 지금 말하는 모든 것을 이루면서 살 수 있을 거야." 그러시면서 '너희는 뭐든 다 할 수 있어!'라는 표정을 지어 보이셨다.

지금, 꿈과 성공을 만나는 시간

어렸을 때 엄마가 '가난'이라는 유산을 물려주어서 지금도 게을러질 수가 없다고 말하면 엄마는 말씀하신다. "가난을 긍정적으로 생각해주어서 고맙구나. 엄마는 인생에서 너만의 길을 만들면서 노력하고 인내하며 스스로 개척하는 내 딸이 참으로 기특하고 자랑스럽단다." 삶이 아름다운 이유는 스스로 개척할 수 있는 삶이기 때문은 아닐까.

스무 살 무렵에 우리 집은 커피숍을 오픈했었는데, 둘째 오빠와 나는 가게를 오픈하고 며칠 사람들이 많이 다니는 길에서 열심히 전단을 돌려가며 홍보했었다. 날이 무척 더웠는데, 5시간 넘게 열심히 사람들에게 전단을 나눠주었다. 그중 절반은 사람들이 버리고 간 전단을 다시 주웠다. 지금도 오빠와 길에서 함께 전단 돌리던 이야기를 할 만큼 즐거웠지만 힘들었던 기억이 많이 남아 있다. 나는 전단 돌리는 일을 해보았기 때문에 누군가 전단을 주면 나는 늘 받아준다. 지금까지 지내오면서 처음 시도하는 일에 대해 실패를 많이 겪어서인지 어떤 일을 시도해서 실패했다고 절망에 빠져있지 않는다.

하지만 똑같은 시도를 해도 실패를 반복하지 않는다. 넘어지면 돌멩이라도 잡고 일어나야 하는데 그 돌멩이가 실패의 원인 분석이다. 실패할 때마다 내가 생각한 아이템을 다시 처음부터 생각해본다. 확실한지, 나만의 고집인지 아닌지에 대해서 주변 사람들에게 많이 물어본다. 나의 아이디어가 확실하다는 생각이 들면, 실패했던 부분과 부족한 점을 보완하여 다시 시도해본다. 시련을 생각하며 열심히 더 노력하고 준비하다 보면 기회라는 운도 찾아오게 된다. 내가 원하는 꿈을 이루기 위한 천재적인 소질이 있다면 더욱 좋겠지만 성공한 내 주변 지인들이나 책에서 만나는 유명한 멘토들도 천재적인 소질보다는 계속 도전하고, 실패하면 배우고 인내하며 다시 도전하는 사람들이었다. 실패를 통해 오히려 성공에 한 걸음 가까이 다가갈 수 있다.

예를 들어 밭을 맬 때 큰 바위가 있다면 처음엔 좌절하겠지만 그 바위만 없앤다면 더욱 빨리 밭을 맬 수 있을 것이다. 시련이 들 때 생각하자. 이 문제만 해결된다면 내 꿈에 더 빨리 다가갈 수 있다고, 시련이라는 이름의 로켓을 탔다고 말이다. 높은 산 정상에 올랐을 때의 기쁨은 말로 표현할 수 없을 만큼 크다. 하지만 진정한 최고의 기쁨은 등반하면서 험한 길을 만났을 때 포기하지 않고 끝까지 올라가려고 하는 그 순간에 있다. 산에 길이 없다면 길을 만들면 된다. 길이 없다고 중간에 앉아서 포기할 것인가? 길을 만들면서 정상까지 올라갈 것인가? 인생에도 길이 있다. 중간에 시련을 만나도 포기하지 말고 인생의 길을 개척하면서 꿈의 정상에 올라서자.

지금, 꿈과 성공을 만나는 시간

큰 꿈을 가지면 큰 사람이 될 수 있을까?

"삶은 시시하게 살기엔 너무 짧다."
– 벤저민 디즈레일리

몇 년 전쯤 미국 친정집에 한 달 정도 머물고 온 적이 있었다. 아무 일도 아무 생각도 안 하고 푹 쉬고 오려는 생각으로 갔는데 도저히 심심해서 견딜 수가 없었다. 한국에서 열 권의 책을 가져 갔는데 너무 심심해서 일주일 만에 전부 읽고 도서 감상문을 작성해도 시간이 많이 남았다. 한국에서 느껴보지 못한 많은 여유로운 시간에 적응하지 못했다.

지루해하는 나의 모습을 언니가 보고는 한인 타운 식당에 점심을 먹기 위해 함께 외출했었는데 식당 근처에 서점이 있었다. 한인 타운이라 우리나라 서적들을 팔고 있었고 규모가 크지 않은 아담한 서점이었지만 신간을 비롯한 많은 책이 나를 반겼다. 베스트셀러와 새로 나온 책들 몇 권을 고르고 계산하려는데 성공학 고전이라는 코너에서 『크게 생각할수록 크게 이룬다』라는 도서를 발견했다. 그때는 성공학 분야에 관심이 없어서 그 책이 세계적으로 유명한 책이란 걸 몰랐다. 이 책이 마음에 들었던 이유는 그나마 다른 책보다 두꺼워서였다. 미국이라 책값이 비싸기도 했지만, 책이 두꺼우면 얇은 책보다 좀 더 오래 읽을 수 있었기 때문이다.

책을 읽으면서 그 책이 왜 유명한지 알게 되었고, 이제라도 그 책을 알게 되어 감사한 마음이 들었다. 이 책을 읽으면 내 생각이 전환되는 것을 느낄 수 있다. 내가 성공할 수 있다고 믿으면 성공한다. 지금껏 내가 성공하지 못한 이유는 바로 핑계 병과 해내지 못할 것이라는 공포심 때문이었다는 것을 느끼게 되었다. 내가 경험하고 실패했던 많은 일의 가장 큰 원인은 나에게 있다는 것을 깨닫게 되었다. 무조건 목적 없이 달려오던 내 삶에 이 책은 쉼터가 되었다. 지금까지 내가 해 온 일들을 다시 한번 생각해보고, 초심으로 사색하며 곱씹어 책을 읽었다.

얼마 전 이 책을 책장에서 꺼내어 누군가에게 선물로 주었다. 그 사람은 누가 봐도 성공한 사람이었다. 좋은 부모, 좋은 직장, 좋은 집, 좋은 차 등 풍요로운 삶을 사는 그 사람이 얼마 전 모임에서 나에게 고민이 있다고 털어놓았다. 심각한 표정으로 삶의 즐거움을 잃어버렸다는 것이 그의 고민이라고 말했다.

누가 봐도 잘 사는 사람이라서 집안에 안 좋은 일이라도 생긴 줄 알았는데, 그의 고민은 다른 사람들이 듣기엔 행복에 겨운 것이었나 보다. 어떤 사람은 부자 고민이라고 듣지도 말자고 했다. 또 다른 사람들은 그의 고민을 듣고 배부른 소리를 한다며 놀렸다. 그 사람 자리가 내 옆자리라 나는 그에게 고민이 무엇인지 물었다. 그는 어렸을 때부터 부모가 시키는 대로 잘 따르는 착한 학생이었다고 한다. 성실하고 부모를 실망하게 하고 싶지 않았던 그는 늘 모범생이었으며 전공과 대학교 모두 자신의 선택이 아닌 부모의 선택이었다고 말했다. 지금 사는 집도 부모님이 사준

지금, 꿈과 성공을 만나는 시간

집이라고 했다.

나이 마흔이 되어서 한 가정의 가장이 되었음에도 여전히 계속 부모님에게만 의존하고 살아가는 것에 대해 많은 회의감이 들었다고 말하며, 지금부터 자신이 원하는 삶을 살고 싶다는 고민이었다. 나는 얼마 후 그 사람에게 큰 꿈을 키웠으면 좋겠다고 전해주었다. 갑자기 뜬금없이 큰 꿈을 키우라니 내 나이가 몇인데 무슨 말인지 모르겠다며 자세히 이야기해 달라고 재촉했다. 나는 "행복과 성공은 지식의 크기보다 생각의 크기로 결정됩니다. 지혜로운 부모님을 만나서 지금까지 편안한 삶을 살고 있으니 평생 부모님께 효도하고 감사한 마음으로 더 열심히 살아가야지요. 이제는 많은 일에 있어서 부모님 생각의 크기로 결정하는 것이 아니라 본인 생각의 크기로 성공한 인생을 살아보는 것은 어떨지요? 당신은 당신이 원하는 모든 것을 누리며 더 멋진 삶을 즐길 수 있는 더 큰 성공에 관심이 있죠? 크게 성공해서 당신이 가지고 있는 특별한 재능과 행복을 세상에 나눠주세요. 당신이 더 큰 성공한 삶을 살기 원한다면 답은 딱 하나입니다. 크게 생각하세요!" 나의 말이 끝날 때까지 그는 나의 이야기를 계속 듣기만 했다. 생각의 크기를 키울 수 있는 책을 추천해달라는 그의 말에 십여 권의 책을 추천해주며 성공할 수 있다는 믿음이 흔들릴 때마다 반복해서 추천한 책을 읽어야 한다는 말도 함께 덧붙였다.

일 년이 채 안 되어 다시 그 사람을 만났는데 그 사람에게서 엄청난 선물을 받게 되었다. 회사에 다니면서 틈틈이 책을 썼고 많은 출판사에 투고했다고 한다. 그리고 큰 출판사와 출판계약을 맺었다고 한다. 책이 출간되자 멋진 자필 사인이 들어간 생애 첫 책을 나에게 선물로 주었다. 지금은 강연도 하고 재능 기부도 하면서 자신이 필요한 세상에 아주 작은 빛이 되어가고 있다고 말했다. 나에게도 돈으로 살 수 없는 정말 행복한 순간이었다.

그날 저녁 집으로 돌아와 달라스 캐롤톤의 한국 서점에서 우연히 사서 읽은 데이비드 슈워츠의『크게 생각할수록 크게 이룬다』책을 책장에서 꺼냈다. 페이지를 넘기다가 미국에서 책을 읽으며 메모했던 종이를 발견했다. 앞으로 내가 어떤 일을 하고 싶은지, 어떤 사람이 되고 싶은지 등이 적힌 리스트였다. 그중에는 이미 많은 것을 이룬 꿈도 있고, 아직 진행 중인 꿈도 있고, 지금까지도 엄두를 못 낼 꿈도 있었다. 크게 생각하고 원하는 바를 적으면 이루어진다는 것을 다시 한번 알게 된 그날, 나는 그 책을 가슴에 꼭 안은 채 "데이비드 슈워츠 작가님, 고맙습니다."라고 혼잣말하면서 미소를 지었다.

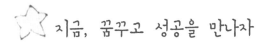

지금, 꿈꾸고 성공을 만나자

"가시에 찔리지 않고서는 장미꽃을 모을 수가 없다."
                                              – 필페이

 인생을 살아가면서 사람들은 '승객이 될 것인가 아니면 운전사가 될 것인가'를 늘 고민한다. 예전 우리 가족이 처음 일본 규슈 지방 가고시마로 가족 여행을 떠났을 때 일이다.

 일본은 우리나라와 다르게 핸들이 오른쪽에 있어 내 주위 사람들은 일본에서 운전하기를 꺼린다고들 했다. 그런데 아이 아빠가 폭염에 고생할 가족을 위해 렌터카를 예약했다. 공항에 도착 후 우리 가족은 공항 렌터카 안내 데스크에서 알려준 셔틀버스 장소로 이동했다. 나는 긴장되고 덜컥 겁이 났다. 도로 차선도 운전자석도 반대이고 도로 법규도 잘 몰랐으며, 더구나 우리 가족은 일본어를 거의 못했기 때문이다. 우리는 렌터카 회사에서 차를 빌리는 절차를 진행하면서 혹시나 하는 마음에 든든하게 보험을 들었다.

 일본어를 잘하지 못해 시간이 오래 걸리면서 계속 불안한 마음이 들었다. 우리가 렌트한 차가 나오자 안전한 여행이 될 수 있도록 기도했다. 아이 아빠도 일본에서 처음 운전하기 때문에 불안한지 시동을 걸고서도 바로 출발하지 않고 계속 직원하고 이런저런 이야기를 나눴다. 처음부터 운전 잘한 사람은 없다면서 천천히 해보자고 아이 아빠를 격려했다. 드디어 기어를 드라이브에 넣고 출발하는데 차선이 헷갈려 역주행할 뻔했다. 하지만 언제 걱정했냐는 듯 곧 능숙하게 한국에서처럼 안전하게 운전하는 남편을 보면서 아이가 말했다. "우리 아빠는 일본에서도 운전을 참 잘하는구나! 엄마! 아빠 진짜 멋지다!" 아이 말에 남편의 어깨가 더욱 올라가는 것을 느꼈다.

일본 소도시인 가고시마에서 운전을 먼저 할 수 있게 되어 감사함을 느꼈다. 일본어를 잘 모르는 우리 가족이 만약 대도시에서 먼저 운전했다면 마음이 더욱 심란하고 불안했을 것이다. 우리 일정은 이틀 뒤 가고시마를 떠나 후쿠오카로 가는 것이어서, 고속도로에서 오래 운전해야 했다. 남편이 멋지게 운전하는 모습을 보니 나도 운전할 수 있을 것 같다는 생각이 들었다. 피곤해하는 남편의 얼굴이 눈에 보이기 시작했다. "나도 운전할 수 있을 것 같아, 이제 내가 운전할게!"라고 말하니 남편은 할 수 있다고, 지금 해보라며 격려해주었다. 시내부터 바로 고속도로 타고 한 시간쯤 가서 다시 바꿔서 운전하기로 했다. 운전한 지 십 년이 훨씬 넘었지만, 일본에서 처음 운전대를 잡은 내 손이 긴장하고 있음을 느낄 수 있었다. 하지만 나도 언제 걱정이라도 했었냐는 듯 한국에서처럼 운전할 수 있었다.

남편과 나는 서로 피곤할 때 운전대를 바꿔가면서 주변 경치에 감탄하고 많은 이야기를 주고받았다. 후쿠오카로 가기 전 구마모토성에 들러 구경도 하고, 인생 라면을 먹을 수 있다는 라면 맛집도 들르는 등 정말 편하게 일본 여행을 할 수 있었다. 우리 가족이 일본에 도착했을 때 그나마 태풍이 오고 있어서 시원하다는 이야기를 들었지만, 그래도 우리에게는 태양이 너무 뜨겁고 더웠다. 만약 자동차를 렌트하지 않고 대중교통을 이용했다면 걷기가 힘든 나에겐 틀림없이 더욱 힘든 여행이 되었을 것이다. 폭염에도 편하게 차에 앉아서 시원한 에어컨을 틀어놓고 관광할 수 있음에 감사했다.

또한, 이런 여행을 계획한 남편에게 더욱 고마움을 느꼈다. 무슨 일이든 처음부터 성공하는 사람은 없다. 처음 시도하는 일은 늘 설레고 긴장되며 떨리고 걱정되지만 하나씩 하나씩 해나가다 보면 어느새 뒤를 돌아봤을 때 많이 발전한 모습을 발견하게 될 것이다. 꿈은 원대하게, 작은 것부터 지금 바로 시작하라. 바로, 지금이 당신의 꿈과 성공을 만나는 시간이다.

이지해(데이지)

꿈 없이 30년 넘게 살다가 결혼 후 아이를 키우면서부터 책을 쓰고 싶다는 꿈이 생겨났다. 꿈이 없던 시절과는 비교할 수 없을 만큼 행복하다. 지금 그 꿈을 이뤘다. 이 경험을 토대로 주변의 평범한 사람들에게 '꿈 이루는 법'을 전해주고 싶다. 이 세상에 불가능한 꿈은 없으니까.

도토리에듀 대표
데이지어학원장
데이지영어 대표
놀이영어 전문 강사
엄마표 영어 전문 강사

수상내역
2019 대한민국을 빛낼 인물·브랜드 대상
2018 WEC 세계언어교육사 지도자상
2018년 월간인물 에듀 리더 선정

주요 저서
『하루 10분 놀이영어』
『데이지 클레이 크래프트』
『데이지 파닉스 시리즈』
『부모님께 꼭 해드리고 싶은 39가지』(공저)

 네이버 블로그
하루10분 놀이영어
https://blog.naver.com/leejihaeda

 유튜브 채널
데이지&크리스탈 영어
https://www.youtube.com/user/leejihaeda

지금, 꿈과 성공을 만나는 시간

초판인쇄 2019년 12월 23일
초판발행 2019년 12월 23일

지은이 이지해
펴낸이 채종준
펴낸곳 한국학술정보㈜
주소 경기도 파주시 회동길 230(문발동)
전화 031) 908-3181(대표)
팩스 031) 908-3189
홈페이지 http://ebook.kstudy.com
전자우편 출판사업부 publish@kstudy.com
등록 제일산-115호(2000. 6. 19)

ISBN 978-89-268-9736-2 13810